책방 시절

책방 시절

가장 안전한   나만의 방에서

임후남

시골의 밤은 캄캄합니다. 사방이 숲인 이곳은 더욱 캄캄합니다. 이곳에서 평생을 사신 이웃 할머니는 한여름 밤에 밖에서 잠을 잘까 싶다가도 무서워서 안으로 들어간다고 하십니다.

그러나 그 밤에도 보름달이 뜨는 날에는 훤합니다. 달빛이 밝은 줄 도시에 살 때는 몰랐습니다. 어쩌다 하늘에 뜬 달을 바라볼 뿐이었지요. 도시를 떠나 이렇게 살지 않았다면 어쩌면 평생 밝은 달빛을 모른 채 살아갔을 것입니다.

이곳에서 어느새 일곱 번째 봄을 맞이했습니다. 봄이면 사방에 돋아나는 싹들처럼 제 눈도 번쩍 뜨입니다. 벌써 여러 해째니 새로울 것도 없는데도 항상 새롭습니다. 지난봄과 오는 봄이 다릅니다. 봄이 오는 풍경은 세상 어디나 같을 텐데, 마치 이곳에만 봄이 오는 듯 유난을 떱니다.

봄뿐 아니라 여름과 가을, 겨울 마찬가지입니다. 어쩔 수 없습니다. 내게 쏟아지는 봄 햇살이고 내게 쏟아지는 눈발이니 유난스러울 수밖에 없습니다. 제아무리 좋은 것도 내가 느끼지 못하면 아무 소용이 없으니까요.

어쩌다 서울에 나가면 오래 알던 동네도 낯설기만 합니다. 때로는 하루가 다르게 변하는 세상에서 점점 뒷걸음질치는 건 아닐까 싶습니다. 하지만 어차피 따라갈 수 없는 것들. 나만의 호흡을 갖고 살아야지요.

이곳 책방에서 가끔 읽는 사람들이 찾아오면 그들과 책 이야기를 나눕니다. 작가와 음악가들을 초대해 그들의 이야기에 귀 기울이고 음악을 듣습니다. 시골이어서, 책방이어서 누릴 수 있는 호사지요. 이곳은 가장 안전한, 나만의 방이니까요.

오늘도 이곳에는 밝은 햇살이, 시원한 바람이 붑니다.

이 햇살을, 이 바람을 당신께 보냅니다.

2024년 6월 시골 책방에서

차례

1부

1

조금 게으름을 피우는 것도 좋지요

지난여름에는 그렇게 무섭게 비가 오더니, 이번 여름에는 장마도 슬쩍 지나가네요. 연일 폭염도 계속되고 있습니다. 어찌나 햇살이 뜨거운지 아침 일찍 텃밭에서 고추며 가지 같은 것들을 얼른 따갖고 들어왔는데 그 잠깐에도 땀이 흥건했습니다. 풀은 또 어찌나 무섭게 자라는지, 한동안 풀 한 포기 없이 깔끔했던 밭은 이제 완전 풀밭이 됐습니다. 그래서 장화를 신고 밭에 들어가지요. 혹시나, 하고요.

이제 8월 중순이 되면 밭을 갈아엎고 배추와 무 등을 심을 예정입니다. 겨울 김장 준비를 하는 것이지요. 배추는 모종을 사다 심고, 무와 갓 등은 씨앗을 심는데 이것들이 자라는 모습을 생각하면 벌써 기분이 좋아지고 몸이 시원해집니다.

봄에 심는 상추 등 쌈 채소와 오이 같은 것들은 물을 자주 줍니다. 그런데 배추 등은 물을 주지 않아도 쑥쑥 자랍니다. 특히나 무는 아주 작은 씨앗 하나가 큼직하게 자라 허연 몸통을 드러내지요. 그 모습을 보다 보면 헤벌쭉 입이 벌어집니다. 그것을 쑥 뽑아서 생채도 해 먹고, 깍두기도 담그고…….

이런! 어쩌다 말을 하다 보니 벌써 마음은 가을로 가 있네요.

시골에서 텃밭을 가꾸며 살다 보니 밭일도 참 좋습니다. 밭일과 정원 일이 힘들다면 도시를 떠나지 않았겠지요. 물론 풀을 뽑는 것이 의무가 된다면, 그래서 매일 일정량의 풀을 뽑아야 한다면, 그것은 노동이 되겠지요. 보통 풀을 뽑는 일은 아침에 커피를 마시다 풀을 발견하고 뽑기 시작해 훌쩍 한 시간을 넘깁니다. 조금 마음이 편치 않을 때 마당에 나가 풀을 뽑다 한나절을 지나기도 합니다. 둘 다 제게 노동은 아니지요. 오히려 마음을 위로하는 시간입니다.

한번은 마당 끄트머리 부추밭에 잡초가 가득했습니다. 부추는 작은 뿌리들이 서로 엉켜 웬만해서는 뽑히지 않습니다.

그에 비해 금방 뿌리 내린 잡초들은 쑥쑥 잘 뽑히지요. 부추
밭을 보면서 잡초를 뽑아야 하는데 싫어도 몇 번을 돌아섰습
니다. 시간도 여의치 않았고, 솔직히 당장 하고 싶은 마음이
들지 않았기 때문입니다.

속으로는 이런 생각도 했습니다. 어차피 얼마 먹을 것도
아닌데 그냥 둘까. 사실 제가 먹는 것보다 다른 사람 주는 게
훨씬 더 많거든요. 저 혼자 먹자면 마트에 가서 몇천 원어치면
실컷 먹을 부추를 살 수도 있고요. 그러나 손바닥만 한 부추
밭이라고 해도 그렇게 할 수는 없는 일. 이렇게 부추밭 잡초
는 마치 숙제처럼 제 목덜미를 잡아끌었습니다.

어느 날, 아침에 일어나니 밤새 비가 왔습니다. 저는 부추
밭으로 나가 풀을 뽑기 시작했습니다. 호미를 들고 한참 뽑
다 보니 깔끔한 부추밭이 눈에 들어왔습니다. 그새 몸은 땀
에 흠뻑 젖었지요. 깔끔한 부추밭처럼 마음이 개운했습니다.

어느새 한 시간이 지나 있었습니다. 아침 시간 한 시간이면
꽤 긴 시간인데 말이지요. 그래도 좋았습니다. 누가 시켰더라
면 그렇게 개운하게 일을 할 수 없지요.

몸을 움직이며 일하는 것을 좋아합니다만, 한동안 몸이
안 좋을 때는 금세 지쳤습니다. 얼마 전 한 달여간 몸이 아주

안 좋았는데, 특별히 아픈 것이 아니라 그냥 온몸의 기운이 쪽 빠진 상태였습니다.

그때 참 이상한 경험을 했습니다. 몸은 비록 그렇지만 마음의 불은 살아나 매일 글을 쓰고, 매일 책을 읽고, 밤마다 영화를 보는 등 열정을 부린 것입니다. 말할 기운조차 없는데도 컴퓨터 앞에 앉아 자판을 두드리거나 책을 보는 저 스스로가 조금 이상하다 싶을 정도였습니다. 쓰고 싶으니 썼을 테고, 읽고 싶으니 읽었을 테지만 그런 기운이 갑자기 날 때 그렇게 하다 꺼져도 되겠지 싶었습니다.

다행히, 보름쯤 지난 후에는 더는 아무것도 하고 싶지 않았습니다. 한껏 게으름을 피웠습니다. 그러자 보름쯤 지난 후 서서히 몸이 좀 나아졌습니다. 지금도 게으름을 피우며 지냅니다. 해야 할 일도 조금 쌓아두고, 읽을 책도 한껏 쌓아두고. 원고는 마감할 것만 간신히 보내고. 그러고 나니 불볕더위의 계절을 지나고 있네요. 텃밭의 풀밭은 무성하고, 햇살은 뜨겁고.

내가 어쩌지 못하는 때, 게으름을 피우며 지나는 것도 좋지 싶습니다. 종종거릴 때는 보이지 않던 마음을 좀 들여다보면서 말입니다.

조금 게으름을 피우며 지내니, 좀 좋습니다.

오늘, 지금을 내 맘대로 사는 게 제일 좋은 거니까요.

⌂2⌂

나만의 숨구멍을 찾아서

날씨가 제법 선선합니다. 이곳의 저녁은 서늘하기까지 하네요. 불볕더위가 언제 끝나나 했는데 계절은 어김없습니다.

평안하신지요.

숲 가까이 사는 저는 계절을 더욱 확실하게 느낍니다. 아침저녁의 바람뿐만 아니라 나뭇잎도, 꽃도 그 색깔이 달라지기 때문이지요. 지금 마당에는 들깨가 꽃망울을 맺고 있고, 일부는 하얀 꽃을 피우고 있습니다. 들깨가 하얀 꽃을 피운다는 사실도 들깨를 키우면서 처음 알았지요. 그 꽃의 씨앗이 여물면 들깨가 되는 것입니다.

다 익은 들깨를 털어 가루도 만들고, 기름도 짜지요. 일부는 볶아 샐러드에 넣어 먹기도 하고. 너른 밭이 아니다 보니 사실 기름을 짤 만큼의 양이 나오지 않습니다. 지난해에는 기름을 짜러 방앗간으로 갔더니 방앗간 주인이 웃었습니다. 이 조금을 짜서 뭐하냐는 것이지요.

한 말을 기준으로 하는데, 우리 것은 반 말이 조금 넘었던 모양입니다. 짜는 값은 같고요. 방앗간 주인이 볼 때는 차라리 한 병을 사 먹는 게 낫지 싶었겠지요. 그래도 짰습니다.

짜고 보니 페트병으로 반 병이 조금 넘었습니다. 그 들기름이 얼마나 고소한지는 제가 굳이 말하지 않아도 되겠지요. 뜨거운 밥에 들기름을 휘휘 둘러만 먹어도 맛있었습니다. 파래김을 구워 들기름 듬뿍 넣은 간장에 찍어 먹어도 맛있었지요. 김장 때 말렸던 시래기를 삶아 시래기 볶음도 해 먹었어요. 참나물과 머위순 같은 봄나물도 슬쩍 데쳐 조물조물 무쳐 먹기도 했고, 한여름에는 고구마순과 들깻잎을 따서 무쳐 먹었지요.

이렇게 먹다 보니 우리가 짠 들기름으로는 부족할 밖에요. 일찌감치 시골살이를 선택한 언니는 밭이 조금 넓어 들깨를 제법 많이 수확합니다. 해마다 언니에게 큰 페트병으로 한 병을 부탁해 일 년 내내 먹지요. 같은 들기름이지만 우리 것이 더 고소하다고 하면 웃으시겠지요?

넓지 않은 마당에서 이것저것 키우면서 키우는 즐거움, 먹는 즐거움을 만끽합니다. 때로는 먹는 즐거움보다 보는 즐거움이 크지요. 특히 들깨는 바라보는 즐거움도 크고, 먹는 즐거움도 큽니다.

7월 초쯤인가, 땅을 고르고 퇴비를 뿌린 후 들깨 모종을 심습니다. 손가락보다 가느다란 모종을 심을 때는 잘 자랄까 의심하게 됩니다. 이것이 비를 맞고, 햇빛을 받고 꼿꼿하게 자랍니다. 그리고는 어느 날 쑥 자라 있어 순을 따고 잎을 따지요.

올해 들깨순을 따면서 알게 된 사실은 순을 따줘야 더 많은 들깨를 수확한다는 사실입니다. 순을 따면 새 가지가 나와 더 많은 꽃이 피고 열매를 맺는답니다. 나무의 가지치기와 같은 것이지요. 들깨순이 그냥 음식 재료인 줄만 알았는데 옛날 사람들의 지혜가 담긴 것을 알았지요. 들깨를 심지 않았다면 아마도 죽을 때까지 몰랐을 사실입니다.

들깨순을 똑똑 따고 나면 손톱 끝이 새까매집니다. 여름이라 한 소쿠리 따는 데도 땀이 나지요. 그것을 끓는 물에 슬쩍 데쳐서 조선간장만 넣고 은근하게 지지다 들깻가루와 들기름을 넣으면 영양분도 훌륭한 밑반찬이 됩니다.

때로는 들깻잎을 따서 한 장 한 장 양념장을 올려 마당에서 바로 삼겹살을 구워 먹기도 합니다. 들깻잎과 돼지고기는 아주 궁합이 잘 맞는 식품이잖아요. 마트에서 사는 것과는 식감도 다른, 야생의 맛.

잎은 억세고 향은 강해 익숙하지 않습니다. 먹어도 되나, 하는 생각이 들지요. 그렇지만 이 맛에 길들인 후에는 다른 것은 조금 싱거워졌습니다. 사람 입맛이란 것이 참 간사해서요.

꽃을 피우기 전, 들깻잎을 좀 넉넉히 따서 장아찌를 담가 또 일 년 내내 먹습니다. 그냥 먹기도 하고 이것 역시 오래 지진 후 들기름을 넣고 마무리하면 아주 그런 밥도둑도 없습니다. 그러다 보면 어느새 다시 들깨를 수확하는 계절이 되지요.

어쩌다 보니 먹는 이야기를 하게 됐습니다.

사실 농사라고 할 것도 없는, 그야말로 작은 밭 한 뙈기. 그런데도 이런저런 것들을 키우면서 먹다 보니 계절을 정확하게 알 수밖에 없습니다. 계절과 관계없는 식품매장의 진열대와는 다른 텃밭이지요.

어제는 이웃이 부추 한 줌을 줘서 그걸로 오이소박이를 담글까 하고 마트에 갔습니다. 그런데 오이값이 제법 비싸더군요. 열 개쯤 사서 담글까 했던 마음이 순간 싹 사라졌습니다. 무엇보다 입맛이 당기지 않았습니다.

오이소박이가 가장 맛있을 때는 그걸 시원하게 먹을 수 있는 때. 그런데 지금은 서늘한 바람이 불고 있으니 입에서 그걸 거부하는 것이었습니다. 저도 모르게 웃음이 났습니다. 이렇게 변하는구나 싶었지요.

이렇게 변하는 제가 저는 좋습니다. 바람 한 줄기 시원하게 부는 저녁, 달도 보고 별도 보고 살 수 있으니까요.

다시 아름다운 가을이 우리 모두에게 옵니다. 다시 오지 않을 날들이지요.

눈앞에 닥친 것들을 해결하면서 사는 게 우리 삶이지만, 매일 해가 뜨고 달이 뜨고 바람이 붑니다. 잠깐이라도 그런 걸 매일 느끼며 살아야지요. 숨 쉬는 것만 잘해도 잘 사는 것, 나만의 숨구멍을 만들어 놓고 살아야 하는 이유지요.

계신 곳에서 넉넉히 숨 쉬고, 평안하시길 바랍니다. 저도 이곳에서 저만의 숨을 쉬면서 살아가겠습니다.

⌂ 3

지금 나를 흔드는 것을 위하여

어젯밤부터 내리기 시작한 비가 오늘도 여전히 이어지고 있습니다. 밖에 앉아 커피를 마시다 서늘한 기운이 들어 안으로 들어왔습니다. 이 비가 그치면 하늘은 더 높아질 것입니다. 가을이니까요.

그동안 별고 없이 평안하셨는지요.

저도 별고 없이, 어제와 같은 오늘을 살아가고 있습니다. 다만 어제의 바람과 오늘의 바람이 다른 것처럼 다시 오지 않을 오늘을 살아가고 있지요.

며칠 전 책방에 나이 든 남성 세 분이 오셨습니다. 언뜻 봐도 연세가 꽤 들어 보였고, 그중 한 분은 지팡이를 짚고 계셨습니다. 두 분은 아메리카노를, 한 분은 라떼를 주문하셨지요. 저는 카드를 받아 계산하고 갖다 드렸습니다. 왔다갔다 불편하실까 그랬지요.

그런데 세 분 모두 커피가 싱겁다고 하셨습니다. 커피는 진한 맛이 있어야 한다며 샷 추가를 요청하셨습니다. 이미 아메리카노는 투샷이어서 약간 진한 편입니다.

"저도 예전에는 샷 추가를 외쳤던 사람인데 이젠 그렇게 못 마시겠어요. 그런데 어르신들은 이렇게 진하게 커피를 드시네요."

한 분의 표정이 조금 언짢아졌습니다.

"내 나이가 얼마쯤으로 보여요?"

순간 저는 당황했습니다. 표정과 말투가 그리 유쾌한 편이 아닌 데다 제가 생각하는 나이를 말씀드리면 실수라도 할 것 같았거든요. 뭐라 적당한 답을 찾지 못하고 있던 참에 그분이 말씀하셨습니다.

"내가 1933년생이에요."

깜짝 놀랐습니다.

"아니, 저는 70대라고 생각했거든요! 저희 아버님이 1932

년생이신데요, 저희 아버님과 한 살 차이신데 어쩜 이렇게 건강하세요. 세상에!"

저는 조금 호들갑스러워졌습니다. 그도 그럴 것이 아흔에 커피 투 샷도 진하지 않다니요.

"그런데 말입니다. 내가 요즘 어디 가서 가장 듣기 싫은 말이 있어요. 바로 어르신이라는 말입니다. 그런 말 들으면 내가 진짜 노인네 같단 말이에요."

아! 그야말로 나이는 숫자에 불과하다고 하지만, 그럼 대체 어르신이라는 호칭은 누구에게 붙여야 적당한 걸까요. 그러나 가보지 않은 나이, 제가 뭐라고 말할 수 없지요.

"그런데 확실히 나이를 먹긴 먹은 것 같아요. 작년하고 올해가 다르긴 달라요. 그래도 어디 가서 어르신 어르신, 이렇게 말하는 소리는 듣기 싫단 말입니다."

당혹스러웠습니다. 그러다 그분 말씀이 이해됐습니다. 지난여름 누군가가 제게 "곧 할머니가 되실 나이잖아요."라고 말을 했는데 순간 저도 깜짝 놀랐거든요. 제 입으로 할머니가 이러쿵저러쿵하는 말은 괜찮은데, 누군가 그렇게 대놓고 말을 하니 참 그렇더군요.

맞는 말이긴 하지요. 객관적인 나이는 어느새 그렇게 됐으니까요. 그런데 은근 기분이 안 좋았습니다. 뭐 그렇게 대놓고 이야기할 것까지는 없지 않나 싶은 생각이 들었거든요.

저는 호칭을 '선생님'으로 바꾸고, 그분들이 즐겨 드신다는 하와이 코나 커피 이야기를 마저 들었습니다. 눈이 아파 책은 더는 보지 못한다며 옛날 책 이야기와 커피 이야기를 할 때 그분들의 나이는 좀처럼 90대라고 믿기지 않았습니다.

나이드는 일은 다 같은데, 나이는 서로 다르게 먹습니다. 같은 50이라고 해도 서너 살쯤 다르게 보이기 시작하다 점점 그 격차가 크게 벌어집니다. 나이들수록 어떻게 살았는가 보이기 시작하는 것이지요. 얼굴뿐인가요. 몸도 마찬가지입니다.

몸이든 정신이든 관리를 하고 살아가려면 먹고 사는 일에 치이면 할 수 없습니다. 여전히 밥벌이에 매몰된 이들도 있지만 지금은 먹고사는 일을 넘어 살아가고 있는 시대입니다. 살기 힘든 세상이라고 하지만, 예전보다는 확실히 우리는 좋은 세상에서 살아가고 있지요. 한스 로스링의 『팩트풀니스』를 읽다 보면 우리를 비롯한 세계 인류가 예전보다 얼마나 더 나은 세상에서 살아가고 있는지 정확한 통계 등을 통해 알 수 있습니다. 우리만 봐도 그렇고요.

그러나 더 나은 세상을 살아가는 지금 배부르고 등 따뜻하면 잘 살아가는 것일까 생각합니다. 공정하다고 믿고 싶었던 세상은 살아갈수록 공정하지 않다는 것을 일깨우죠.

이진우 교수의 『불공정사회』는 공정이라는 허구에 대해 질문합니다. 그 질문의 답은 간단하지 않죠. 그런데도 우리는 답을 찾아가야 하고요.

지금 이 순간 저를 흔드는 건 종일 듣는 음악입니다. 비가 와서 마이클 호페의 음악을 틀어놓고 있거든요. 이 글을 쓰다 잠깐 멍하니 앉아 있다, 혹은 통화를 하다, 그러다 다시 음악으로 들어갑니다.

음반 제목은 《The Dreamer》. 20세기 전반 세계적으로 이름난 배우와 작가, 귀족, 정치인 등의 사진에서 영감을 받아 마이클 호페가 곡을 썼습니다. 사진은 찍은 사람은 마이클 호페의 할아버지인 에밀 오토 호페. 20세기 전반에 활동한 대표적인 사진작가 중 한 사람입니다. 연주는 플루티스트 팀 휘터입니다. 표제작 'The Dreamer'는 인도의 시인이자 철학자였던 타고르를 위한 곡으로 꽤나 몽환적이면서 자유로운, 그러면서 동양적입니다. 인도, 타고르, 알토 플루트 그리고 마이클 호페. 이런 비 오는 날 한없이 빠져들 수밖에 없는 곡이죠.

마음에 음악을 들이는 일, 마음에 비를 들이는 일, 그래서 젖어 드는 일. 이런저런 일들이 저만치 물러나는 순간, 잠시 마음이 뜨끈해지는 순간들.

이렇게 살다 80쯤 되었을 때 누군가 어르신이라고 하면 아이고, 어르신이라니, 기분 나쁘다고 말하면서 요즘 나오는 신간 이야기를 하고 싶어요. 제 꿈은 신간 읽는 할머니이니까요.

계신 곳에서 잠깐 마음을 내려놓고, 무엇인가에 젖어 보세요. 그래서 80쯤 되었을 때 나는 무엇에 젖어 있을까 생각해 보세요.

우리 그때까지, 젖은 마음으로 있어요.

⌂ 4

맨발로 흙길을 걸었어요

사방이 아름다운 계절입니다.

저는 요즘 맨발 걷기에 빠져 있습니다. 빠져 있다면 꽤 열심히 맨발로 걷는 것처럼 보이지만, 점심을 먹은 후 잠깐 마당을 걷는 정도입니다.

처음 맨발로 걷게 된 것은 며칠 전 토르비에른 에켈룬의 『두 발의 고독』이라는 책을 읽으면서였습니다. 뇌전증 진단 후 운전면허증을 반납하고 걷기 시작한 작가가 어느 날 맨발로 걷는 이야기가 나오는 대목에서 그만 발이 너무너무 근질거렸습니다. 저도 열심히 걸었던 시절이 있어서 걷는 책을 보면 늘 가슴이 두근대는데 맨발로 걷기라니.

맨발로 걸은 적이 있긴 합니다. 제주올레길을 오래 걷다 발이 아파 나뭇잎이 쌓인 숲길을 잠깐 걸었던 적이 있었거든요. 그러나 아주 잠깐이었습니다. 왠지 모를 두려움이 생겼지요. 나뭇가지에 발바닥이 찔릴까, 숲길인데 벌레라도 물리지 않을까. 발은 참 시원하고 자유로웠지만 몇 걸음 걷다 다시 양말을 신고 신발을 신었습니다.

도시에 살 때 공원에 있던 맨발 걷기 길도 걷긴 했지요. 지압 효과가 있다는 그 길을 발바닥이 아파 겅중겅중 걸었습니다.

이곳에 살면서 한 번도 맨발로 걸어야겠다고 생각해본 적이 없었습니다. 책을 읽으면서 발가락이 근질거려 뛰쳐나가고 싶었으나 당장 뛰쳐나가지는 못했습니다. 저녁이고 곧 밤이 되었거든요. 다음 날 아침에 걸어봐야지 생각했지만 역시 바로 실행에 옮기지는 않았습니다.

이튿날, 나갈까 생각했지만 다시 또 망설였습니다. 10월 말이라 밖이 조금 추웠거든요. 그리고 귀찮았지요. 그러다 얼마 후 그대로 뛰쳐나가 양말을 벗었습니다. 맨땅에 발을 내딛는 순간 땅이 따끈했습니다. 햇살이 가득한 흙마당이었거든요.

천천히 걸었습니다. 한 달 전쯤 뿌린 잔디 씨가 막 자라고 있는 곳을 디뎠습니다. 순간 저도 모르게 환호가 터져 나왔습니다. 뭐라 말할 수 없는 부드러운 감촉이 발바닥에서부터 온몸으로 올라왔습니다.

잔디가 있는 쪽은 그늘이어서 발바닥이 시원했습니다. 저는 허리를 쭉 펴고 고개를 젖혀 하늘을 바라봤습니다. 하늘을 가리고 있던 소나무 가지들이 바람에 깊이 흔들렸습니다.

숲길로 들어갔습니다. 아주 작은 오솔길이지요. 마당 정지 작업을 하면서 숲과 마당 사이 물길을 만들고 그 옆으로 만든 길입니다. 나뭇잎이 쌓인 그 흙길은 사실 저 혼자만 걷는 길이기도 합니다. 찾아오는 이들에게 그 길을 걸어보라 해도 왠지 걷지를 않더군요. 아마도 걷기 위해 온 것이 아니므로, 신발이며 불편해서가 아닐까 싶어요.

오솔길에는 이끼가 많습니다. 그늘이거든요. 그 길을 맨발로 걸었습니다. 이끼 위에 맨발을 딛고 섰을 때 서늘하면서도 부드러움이 온몸으로 밀려들어 왔습니다. 한참 동안 그냥 서 있다 제자리걸음을 하기도 했습니다.

이런 길만 걷고 싶다고 생각했지만, 이내 아니다 싶었지요. 살아가는 일이 그렇게 부드러운 일만 있을 수 없는 데다, 이끼는 습지에서 자라니까요.

다시 그 길을 돌아 나와 옆길을 걸었습니다. 그곳은 잡초가 자라는 곳이었지요. 제초기가 밀고 지나가도 질경이와 토끼풀 같은 것들은 끄떡없이 바닥에서 자라고 있습니다. 잔디싹과 이끼와는 다른 조금 거친 느낌이 들었습니다.

풀이 자라지 않는 맨땅을 걷기도 했습니다. 그늘진 곳은 시원한 기운이, 햇살이 드는 곳은 따뜻한 기운이 극명했습니다. 신발을 신었더라면 느끼지 못했을 땅의 기운.

늦가을에도 아직 푸른 꽃잔디 위로도, 돌나물 위로도 맨발을 내디뎌 보았습니다. 발바닥이 까슬까슬했습니다. 정원 사이 빨간 벽돌로 만든 길도 걸었습니다. 참 편하고 좋았습니다. 이리저리 마당을 몇 바퀴 걷고 나서 의자에 앉아 그대로 다리를 쭉 뻗고 햇빛에 발을 내밀었습니다. 더할 나위 없이 따끈했습니다.

맨발로 거친 숲도 걷고 이웃집도 방문하고 도시를 걸은 『두 발의 고독』을 쓴 작가 토르비에른 에켈룬에 비하면 저는 그야말로 티만 낸 것뿐입니다. 그것도 잘 정리된 좋은 땅을 걸었으므로 감히 비교할 수 없지요. 저는 사실 그처럼 걸을 용기도 없습니다. 흉내를 내고 이리 장황하게 이야기하다니, 민망하기까지 합니다.

그런데, 참 좋았습니다. 오늘도 오후에 그렇게 마당을 한

동안 걸었습니다. 건강에 좋다며 그렇게 맨발로 걷는 이들도 있긴 하지만, 저는 그보다는 땅에 내 맨발을 내딛음으로써 땅과 맞닿는 그 순간이 참 좋았습니다. 그렇게 한참 흙에 서 있다 보면 내 발바닥 어딘가에서 꿈틀대는 것이 기어나와 땅을 향해 뿌리를 내리는 것이 아닐까 하는 엉뚱한 생각도 하면서요.

내가 딛고 있는 땅은 어디인가, 돌아봅니다.

흔들리지 않겠다고 생각할 때가 있었는데, 흔들리지 않고 어떻게 살아갈 수 있나 싶어 이제는 바람 부는 대로 흔들리는 것도 좋을 때가 있습니다. 어쩌면 사는 동안 내려진 뿌리가 웬만한 흔들림은 잡아주고 있어서 그런 게 아닌가 싶네요. 간신히 지나온 시간인데 그 세월에는 무게가 담긴 모양입니다.

이제 곧 겨울이 되고 더는 맨발로 걷지 못하게 되겠지요. 그때까지는 매일 조금씩 걸어보려 합니다.

계신 곳에서 잠깐이라도 흙과 함께하는 시간을 가져보시길 권합니다. 이곳에 오신다면 양말을 벗고 함께 걸어보셔도 참 좋겠지요.

| 5 |

마음 풀어놓고 살아볼까요

조금 추워졌지요?

요즘은 아침에 책방에 내려오자마자 난로를 켭니다. 난로라니, 장작 난로를 상상하겠지만 경유 난로입니다. 난롯불은 실제로 몸을 따뜻하게 하기도 하지만 마음을 데워줍니다. 그냥 바라보기만 해도 좋지요. 실내에 식물이 꽤 많은 편인데도 히터를 켜면 꽤 건조합니다.

언제부턴가 하루가 짧아지고 있습니다. 아침이었는데 금세 점심이 되고 밤이 되지요. 짧은 하루 속에는 음악을 듣는 시간, 붉은 난롯불을 바라보는 시간, 화초에 물 주고 들여다보는 시간, 나무와 하늘을 올려다보는 시간, 마당을 돌아보는 시간 등등이 들어가 있습니다. 이런 시간이 살아가는 일에 쉼표를 찍게 해주지요.

저마다 살아가는 방식이 다르니 옳고 그른 것은 없습니다. 이렇게 살고 싶어도 저렇게 사는 게 또 인생이기도 하고요. 이왕이면 좋아하는 일을 하면서 살아가면 좋겠지만, 그렇게 살아가는 사람이 또 얼마나 되겠어요.

"음악을 전공했지만 음악이 사람을 즐겁게 해준다는 생각을 해본 적이 거의 없는 것 같아요. 지금 음악을 하는 제 아이도 그렇게 생각하는 것 같고."

며칠 전 우연히 누군가 하는 말을 듣고 저는 제 귀를 의심했습니다. 저와 대화를 나눌 만한 형편이 아니었으므로 뭐라 말할 수 없었지만, 그 사람을 붙잡고 묻고 싶었습니다. 그럼 왜 음악을 했어요? 왜 아이에게 음악을 시키세요?

음악의 한자 音樂에서 악(樂)은 노래 악, 즐길 락, 좋아할 요입니다. 좋아하고, 즐기는 것. 우리가 음악을 들을 때 좋아하고 즐기기 위해서 듣는 것 아닌가요? 음악을 '하는' 일과 '듣는' 일과는 별개일까요? 음악을 듣지 않는 이가 음악을 할 수 있을까요?

생각해보니, 그의 말 전공'했지만'이라는 말에 답이 나와 있지 않나 싶습니다. 음악을 전공까지 하려면 얼마나 많은 시간과 돈이 투자됐을까요. 본인도 본인이지만, 부모의 투자도 컸겠지요. 이럴 때 바로 부모와 자식 사이의 틈이 생깁니다. 좋아서 했으면 무엇보다 스스로 음악을 하는 동안 즐거웠을 것이고, 다른 사람 역시 즐겁게 해준다는 것을 알았겠지요.

그런데 궁금한 것은 왜 스스로도 즐겁지 않았던 그것을 또 자식에게 시키는가 하는 일입니다. 그 자식 역시 즐겁지 않은 일을. 그 음악을 하는 일을 말입니다.

그가 어떤 음악을 했는지 잘 모르겠지만, 조금 축약해서 피아노나 바이올린 등 악기로 생각해보겠습니다. 전공자가 아니어도 악기 하나를 다루는 일은 좀 '근사'해 보입니다. 요즘은 많이 대중화되었다 해도 그래도 악기를 가르치려면 돈이 좀 듭니다. 전공까지 시키려면 아파트 한 채 값이라는 말이 그냥 나온 말이 아니지요.

많은 부모가 자식에게 욕심을 냅니다. 이것도 시켜보고 싶고 저것도 시켜보고 싶고. 공부도 하면서 악기 하나쯤은 다루게 하고 싶죠. 그러나 사실 금세 압니다. 우리 아이가 재능이 있는지 없는지를.

때때로 머리를 갸웃하면서 생각합니다. 그래도 억지로 시키다 보면 언젠가 좋아해서 잘하겠지. 아이들은 하기 싫다고 해도 또 어떤 때는 곧잘 하게 마련이니까요. 그런데 부모는 음악을 '즐기고' 있을까요? 아이가 음악을 '즐기길' 원할까요?

오래전 피아니스트 한 분을 인터뷰할 때 들었던 말씀이 생각납니다. 음악가가 나오려면 할아버지가 재력이 있어야 하고, 그래서 그 아들이 좀 즐길 줄 알아야 하고, 그래야 손주가 음악을 한다는 것이었습니다. 돈 있는 할아버지가 오디오와 음반을 들여놓고, 그것을 아들이 즐기고, 손자가 피아노 등 악기를 배우게 한다는 것이죠.

70대 후반인 그 피아니스트 때 이야기니 지금과는 형편이 다릅니다만, 중요한 것은 '즐긴다'라는 것입니다. 천재는 노력하는 사람을 이길 수 없고, 노력하는 사람은 즐기는 사람을 이길 수 없다는 말이 그냥 나온 말이 아니지요.

아이에게 글을 쓰라고, 그림을 그리라고 억지로 시키는 부모는 별로 없지 싶어요. 유독 음악, 악기 교육에만 그런 일이 많은 이유는 무엇일까요.

개인적으로 전공까지는 아니더라도 악기를 다룬다는 것은 그래도 삶의 해방구를 갖는 일이 아닐까 생각합니다. 저는 비록 악기 하나 다룰 줄 아는 게 없지만, 악기를 다룬다면 자신을 이야기할 수 있는 또 다른 통로를 갖는 셈이니까요.

발간 난롯불을 들여다보다 햇살을 가득 받는 화초를 봅니다. 종일 책과 화초가 저와 함께 음악을 듣습니다. 쭉 위를 향해 뻗어 있는 여인초와 고무나무와 관음죽 들이 일어나 한 바탕 춤을 출 기세입니다.

지금 듣는 음악은 안너 빌스마가 연주하는 바흐의 무반주 첼로모음곡입니다. 노래도 좀 흥얼거리고, 어깨도 좀 들썩거리며 춤도 한 번 추고, 그러다 쓱쓱 낙서도 좀 해보고, 크게 소리 내 웃어도 보고, 달음박질도 하고, 흙장난도 좀 해보고.

돌아갈 수 없는 저 시절처럼 오늘 하루는 그렇게 살아보고 싶습니다. 그 순간을 천천히 누려야겠습니다. 숨을 쉬는 일처럼 그때는 계획하고 의식하지 않았던 것들. 그렇게 마음을 풀어놓고 사는 것이 제일인데 말입니다.

초겨울 햇살이 참 좋습니다. 저 따뜻함이 당신에게 가 닿기를.

|6|

욕심이 없었으면 하는 욕심이라니요

어느새 12월, 올해의 마지막 편지를 씁니다.

올 한 해 어떠셨는지요. 며칠 전에 누군가로부터 같은 질문을 받고 조금 망연했습니다. 그냥 하루하루 살다 갑자기 한 해의 마지막을 맞닥뜨린 것 같았습니다. 게으름을 피운 것은 아닌데 뭐라고 말해야 하나. 너무 생각 없이 살았나. 결국, 뭐라 말을 하지 못한 채 다른 이야기로 대화가 넘어갔습니다.

올 한 해 어떠셨는지요.

80세에 첫 책을 낸 엄희자의 『이제부터 쉽게 살아야지』 북토크를 했습니다. 북토크를 통해 비로소 그분의 나이를 알았고, 78세에 등단했다는 것도 알았습니다.

작가 엄희자는 대표적인 여성지 『주부생활』의 '엄 국장'으로 유명한 분입니다. 『주부생활』에서 나온 요리 등 실용서는 그분을 통해 나왔다고 해도 과언이 아닐 정도지요.

그분은 일본 잡지를 베끼던 80년대에 우리나라에서 처음 요리 촬영 화보를 찍었다고 합니다. 60대 후반까지 일하셨으니 아마도 한국 생활 분야 도서 역사를 말할 때 그분을 빼놓고 이야기할 수 없는, 그야말로 '전설'이지요.

출판계에 있지 않은 사람들은 이렇게 생각할 수도 있습니다. 오랫동안 책을 만들던 사람이니까 글 쓰는 게 당연하다고. 그러나 다른 사람의 글을 만지는 것과 자기 글을 쓰는 건 다른 일입니다. 특히 혼자 끄적이는 것과 등단을 하고 글을 발표하는 것은 다른 것이지요.

그런데 엄 국장은 등단했고, 책을 냈습니다. 엄 국장이 북토크에서 말씀하셨습니다. 부끄럽기도 하고 뿌듯하기도 하다고. 붉어진 엄 국장 얼굴을 보면서 가슴이 뜨끈해졌습니다.

부끄럽다는 말도, 뿌듯하다는 말도 그대로 와닿았습니다.

80. 아직 제가 모르는 나이. 어떨지 알 수 없지요.

헤르만 헤세는 『나무들』에서 이렇게 말했습니다.

'젊은 시절에는 나이드는 것을 전혀 다르게 상상했다. 하지만 여기에도 다시 기다림, 질문, 불안함, 그리고 충족보다 동경이 더 많다.'

이 문장 앞에서 가만히 멈췄습니다. 기다림, 질문, 불안함, 동경……. (헤르만 헤세가 이 글을 언제 썼는지 보니 1906년. 불과 29세네요!)

그가 말하는 '젊은 시절'과 이 글을 쓴 '29세'를 넘어선 제 마음을 들여다봅니다. 기다림, 질문, 충족보다 더 많은 동경, 그리고 불안함.

젊은 시절을 지나면 저런 단어들과 맞닥뜨릴 일이 없다고 생각했습니다. 그런데 여전합니다. 조금 알 것 같다고 생각했던 것들은 여전히 모르는 것들이 많습니다.

책을 읽어도 머릿속에 남지 않습니다. 그동안 살아온 버릇이 있어 한 가지 생각을 깊게 하지도 못합니다. 생각들이 이리 갔다 저리 갔다 정신없기도 합니다. 가만 펼쳐놓고 이게 나구나 싶어 한심하기도, 안쓰럽기도 합니다.

묵은 잡동사니 같은 나. 치울 것은 치워야지 싶은데, 이게 난 걸 또 어쩌나. 이런저런 욕심도 아직 많아 툭툭 튀어나옵니다. 그래도 기다리고, 동경하고, 질문하는 삶이 좋습니다. 불안한 삶이 좋습니다. 그것이 바로 살아있다는 것일 테니까요. 똑같이, 반듯하게, 편안하게 살아가면 좀 재미도 없고요.

2021년 구순이 된 조각가 최종태 선생은 한 인터뷰에서 이렇게 말씀하셨습니다

"나는 아흔이 되면 욕심이 끊어질 줄 알았다. 그런데 지금 이렇게 '욕심이 없었으면 하는 욕심'을 낸다. 욕심이란 건 노력하지 않으면 떨어지지 않는다."(조선일보 2021년 12월 25일 자 중에서)

욕심이 없었으면 하는 욕심이라니요. 온통 욕심투성이인 삶이 한없이 부끄러워졌습니다. 컴퓨터 화면을 통해서나마 선생께서 작업한 성모상의 미소를 가만 들여다보다 밖으로 나갔습니다. 날은 너무나 차 몸이 절로 움츠러들었습니다. 바람이 얼굴을 때렸습니다. 그래도 하늘은 맑고 햇볕이 따뜻했습니다. 여전히 예술을, 인생을 모르겠다고 하신 구순 넘으신 선생의 말씀이 머릿속에서 맴돌았습니다.

마당을 한 바퀴 돌았습니다. 이제 곧 해가 바뀌고 나이 한

살 더 먹고, 어제와 다를 것이 없는 새해 아침이 밝아오겠지요. 매일 살아가는데, 그래서 이젠 좀 뭔가 알기를 바랐는데 여전히 알 수 없는 길을 가네요.

그래도 마음에 소망을 품습니다. 봄이면 돋는 새순처럼 마음에 뭔가 터질 것이 있기를, 내 안에 가득한 욕심을 떨어뜨리도록 노력할 수 있기를.

7

안전한 방을 찾아서

긴 설 연휴 중입니다.

설 전에 편지를 써야겠다 마음먹었는데, 이런저런 일로 좀 늦어졌습니다.

평안한 설 명절 보내셨는지요. 저는 연휴에도 책방 문을 열었습니다. 책방과 집이 같이 있다 보니 떠나지 않는 한 책방 문을 굳이 닫을 일이 없기 때문이지요.

사실 저는 무엇보다 책방에 있을 때가 가장 좋습니다. 책방은 모두의 공간이기도 하지만, 저만의 공간이기도 하니까요. 세상으로부터 제가 숨어든 공간.

청년 시절, 부모 집을 떠나기 전까지 저는 제 방을 갖고 있지 못했습니다. 식구들이 늘 북적댔던 집. 형제는 많았고 시골에서는 삼촌이나 사촌이나 누군가 올라왔습니다.

이십대 초반 어느 한 시절, 곤궁해진 부모는 안방과 거실을 세 주고 문간방과 건넌방으로 식구를 나누었습니다. 할아버지와 아버지가 좁은 문간방에서, 엄마와 언니 그리고 남동생들이 조금 큰 건넌방에서 지냈습니다. 좁은 부엌에 신발을 벗고 미닫이문을 열면 바로 방이었지요.

각자 돌아와 밥상을 펴고 저녁밥을 먹고 텔레비전 앞에 모여 있다 누웠습니다. 입구에는 엄마가, 그리고 그 옆으로 남동생들이, 그 옆으로 언니가, 맨 끄트머리 벽 옆에 제가 누워 잤지요.

저는 그때 한참 시를 쓰겠다고 할 때였고, 밤마다 잠을 잘 수 없을 때였습니다. 제 공간이 없던 저는 식구들이 잠든 밤, 그 방 끄트머리에서 작은 밥상 하나 갖다 놓고 앉아 있곤 했습니다. 제각각인 식구들의 고르지 못한 숨소리를 듣다 보면 방 입구에서 자다 깬 엄마가 말했습니다.

"글씨 좀 그만 쓰고 얼른 자라."

엄마는 그 후로도 오랫동안 제게 말했습니다.

"글씨 좀 그만 쓰고 잠 좀 자라."

그럴 때마다 저는 퉁명스럽게 말했지요.

"엄마. 글씨가 아니라 글이야, 글."

다행히 그렇게 지낸 시간은 그리 길지 않았고 다시 안방과 건넌방 등으로 흩어졌습니다만, 저는 언니와 같은 방을 써야 했습니다. 그러다 밥벌이를 시작했고 돈을 조금 모으자 내 방을 찾아 집을 떠나기로 했습니다. 햇빛도 들지 않는 작은 방 하나를 간신히 세 들어 집을 나왔지요.

방은 생겼으나 방은 그냥 방일 때가 많았습니다. 방에는 널찍한 상을 하나 펴놓고 그 위에 책도 맘껏 쌓아놓았지요. 라디오와 카세트테이프를 통해 음악도 들으면서요. 그러나 눈 뜨면 나가서 밥벌이를 해야 했으니 나는 없었지요. 스스로 방을 선물했으나 그 방을 누릴 수 없는.

그러다 햇빛이 들어오는 방으로, 조금 넓은 방으로, 조금 더 안전한 방으로 떠나는 동안 나이를 먹었지요.

책방 한구석, 책상에 앉아 있으면서 이 책상이 내 방이라는 것을 깨닫습니다. 밥벌이하면서 여러 책상을 거친 끝에 다다른 방. 세상으로 나가기 위해 애쓰던 시절을 지나고, 세상을 살아가기 위해 애쓰던 시절을 지나거나 혹은 놓거나 한 지금. 세상으로부터 숨어든 공간에서 세상의 주변을 돌며 몸을 배배 꼬던 저를 토닥입니다. 그러면 저 끝에서 엄마가 말합니다.

"글씨 좀 그만 쓰고 자라."

퉁명스러웠던 딸은 이제야 웃으며 대답하고 싶습니다. 그러나 답을 들어줄 엄마가 안 계시네요.

내내 평안하게 지내시길 바랍니다.

이제 곧 봄도 옵니다.

8

천천히 봄이 오는 소리를 들어요

햇살이 시끄러운 책방.

음악이 춤추는 책방.

책들이 서로 몸을 곧추세우고 봐달라고 아우성치는 책방.

이렇게 시끄러워도 고즈넉한 책방.

그래서 때때로 고독한 책방.

그래도 누군가 찾아오면 가슴이 발그레해지는 책방.

지금 책방 안에는 화분이 제법 많습니다. 크고 작은 것들을 모두 합하면 수십 개는 되지 싶습니다. 이제 곧 봄이 되면 모두 밖으로 나갈 것들이지요. 이것들을 들여다보고 물을 주는 게 매일 아침 책방에 내려와 가장 먼저 하는 일입니다.

며칠 전 물을 주다 저도 모르게 우와, 하고 탄성을 내질렀습니다. 꺾꽂이한 수국에서 새순이 나오고 꽃망울이 보였기 때문입니다. 지난해 꺾꽂이 시기가 늦어져 땅에 옮겨심지 못하고 날이 추워져 안으로 들인 것들이었습니다.

수국은 특히 물을 많이 먹는 거라 매일 듬뿍듬뿍 주면서 지켜보고 있었거든요. 새순도 기특한데 꽃망울이라니. 아, 꽃망울이라니요. 한참을 보고 또 봤습니다.

오늘 아침에도 물을 주면서 한참을 또 들여다봤습니다. 그러다 수국의 저 여린 새순 같아야지 생각했습니다. 여전히 생활은 미숙하여 더듬거리며 살아가지만 그동안 스스로 할퀸 상처와 세상으로부터 찔린 상처를 딛고 다시 새순을 틔우고 살아온 것처럼 매일 새순의 꿈을 키워야지 생각했습니다.

이제 한 달쯤 후, 저 수국을 정원 한쪽으로 옮겨 심을 것입니다. 뿌리를 뻗을 수국을 생각하니 가슴이 두근거립니다. 좁은 화분에서 간신히 피워올린 저 잎보다 맘껏 뿌리를 뻗고 나서 틔워낼 잎은 얼마나 튼실할까요.

햇빛을 맘껏 보고 자란 잎은 또 얼마나 탄탄하게 빛날 것이며, 때가 되면 저절로 피어날 꽃은 또 얼마나 탐스러울까요. 그러다 겨울이면 모든 잎을 떨구고 깊은 잠에 빠져들었다 다시 봄을 기다릴 테고요.

자연의 순리를 새삼 깨치면서 살아갑니다. 빠르고 느린 정도의 차이가 있을 뿐 때가 되면 모든 살아있는 것들은 새순을 틔우고, 가지를 뻗는다는 것을 배웁니다. 봄이 오는 것도 뉴스가 아닌 나무 사이로 부는 바람에서, 몸 풀고 흐르는 개울물에서, 움트는 새순에서 느낍니다.

진작 알았더라면 좋았을 것들이지만 지금이라도 알 수 있어서 참 좋습니다. 그래서 아주 천천히 이런 것들을 느끼려고 합니다. 오랫동안 급하게 서두르며 살아온 저를 다독이면서 말입니다.

그곳에서, 당신도 마음 깊이 봄을 맞이하시길 바랍니다.

9

몸에 봄을 들이는 일

봄비가 오는 날, 후배가 다녀갔습니다.

그는 시골을 퍽 좋아합니다. 우리 집이 친정집 갔다며 올 때마다 기분 좋게 오는 친구입니다. 농촌에서 자란 탓에 그는 아는 것도 많습니다. 저는 달래, 냉이, 두릅, 머위 등 몇 가지밖에 모르는데 그는 길을 가면서도 이건 뭐고 저건 뭐고 아는 척을 합니다. 저는 은근 그가 부럽습니다. 저는 들어도 금세 잊어버리거든요.

이 봄날, 그는 저와 잠깐 할 일도 있었지만 일보다 더 몸살 나게 하고 싶었던 것이 있었습니다. 바로 호미 들고 동네 들로 나가는 것이지요. 지금 한창인 것은 달래. 냉이는 그새 꽃을 피워 이젠 먹을 수가 없게 됐지요. 그와 함께 호미와 칼, 비닐봉지를 들고 마을 위로 올라갔습니다.

커다란 나무 아래는 온통 달래밭입니다. 저는 의기양양하게 그곳으로 데리고 갔지요. 그런데 그 친구 왈, 이건 안 돼, 하는 것입니다. 대부분 실처럼 가느다란 것들이라서 먹잘 게 없답니다. 저는 그것들을 캐서 일일이 다듬었는데 말이지요. 척 보고도 뭐가 좋은지 아는 그는 호미를 들고 한쪽을 팠습니다. 알이 굵은 달래가 쑥 뽑혀 나왔습니다.

"아, 좋네."

저는 큼직한 알은 안 좋은 줄 알았습니다. 너무 크면 왠지 맛도 강하고 먹기 안 좋다 싶었거든요. 마트에서 파는 것들은 대부분 알도 적당하니까요.

"이젠 이런 걸 골라."

그러고는 성큼성큼 남의 밭으로 들어갔습니다.

"야, 거긴 남의 밭이야."

시골이라도 빈 땅이 아닌, 누군가가 농사짓는 밭은 조심스러워 한마디 했습니다.

"아직 아무것도 안 심었잖아."

그를 따라 줄기가 통통한 달래만 찾았습니다. 찾다 보니 은근 달래가 많았습니다. 풀숲을 헤치고 쭉쭉 뻗은 달래를 찾는 재미가 쏠쏠했습니다. 마른 풀을 거둬내고 호미로 살살 파서 알뿌리를 쑥 캐내며 좋네, 실하네, 서로 말하면서 웃었습니다.

그런데 달래를 찾다 저는 자꾸 이쪽도 보고, 저쪽도 보고 딴짓을 했습니다. 꽃망울이 가득한 복사꽃, 매화꽃, 이제 막 연한 연둣빛을 띠기 시작한 나무들. 그 뒤로 먼 산 풍경과 아래의 집들. 바람 소리, 계곡물 흐르는 소리, 그리고 우리의 웃음소리.

"정말 아름답지 않니, 저기 좀 봐봐, 이 소리 좀 들어봐, 너무 아름다워."

마치 난생처음인 듯한, 세상에 하나밖에 없는 듯한 풍경들 앞에서 저는 순간순간 넋을 잃었습니다.

이곳이 이렇듯 아름다운 이유는 아직 개발의 손길이 타지 않은 탓입니다. 옛 마을의 정취가 그대로 살아있지요. 종갓집이 있고, 그 옆으로 제금났던 동생네들이 있고, 또 그들의 아들이 결혼하면 제금냈던 집들이 이어져 있는 곳. 집 주변으로는 산이 있고, 논이 있고, 밭이 있고. 그 사이에 100년쯤은 훌쩍 넘은 새까만 감나무들이 여기저기 서 있고, 사오백 년을

지킨 느티나무들이 있고.

집은 일곱 채밖에 되지 않지만 사람이 사는 집은 그중 또 두 채밖에 되지 않습니다. 모두 빈 집이죠. 그러나 가끔 내려와 관리하는 탓에 모두 정갈합니다. 그 앞으로 펼쳐진 너른 땅은 비어 있습니다. 조금 채마밭 정도 가꿀 뿐이지요.

그 땅에는 한여름 하얀 개망초가 눈처럼 피어납니다. 이태 전 땅 주인이 바뀌었을 때는 금세 집들이 들어서는 줄 알고 한동안 마음이 조마조마했었지요.

저는 이곳이 매일 보는 풍경임에도 새롭습니다. 특히나 이 봄에는 더욱 그렇지요. 어제 보지 못한 풍경이 오늘은 보입니다. 오늘 본 것이라고 해도 내일 똑같지 않고요. 풍경도 달라지고 저도 달라지기 때문이겠지요. 나이드는 일이 즐거울 리없지만 나이드는 것이 때로 좋습니다. 젊다면 이런 풍경에 넋놓고 있을 수 있을까, 쪼그려 앉아 달래를 캐고 앉아 있을까싶으니까요.

달래를 열심히 캐던 후배는 이번에는 개망초순을 칼로 잘랐습니다. 조금 더 자랐을 때 순을 따야 하지 않겠느냐 했더니 그는 지금이 더 좋다면서 쓱쓱 잘라 봉투에 담았습니다. 저보다 그가 아는 것이 많은 선생이니 저는 가만 그의 말에 따를 밖에요.

그렇게 즐겁게 한동안 달래를 캐고 개망초순을 뜯었는데 그 친구가 봉투를 다 제게 내밀었습니다.

"왜 너 안 갖고 가고?"

"난 집에 있어. 선배 먹어. 개망초순은 잘 다듬어서 먹고. 캐는 재미지!"

그날 저녁, 달래는 씻어서 간장양념에 무치고, 개망초순은 끓는 물에 데쳐서 된장에 조물조물 무쳤습니다. 알 굵은 달래는 맛이 강해서 맵기까지 했는데, 맨 김에 싸서 먹으니 입맛이 확 돌았습니다. 개망초순은 들큰한 것이 한없이 먹어도 좋았습니다.

봄이 입안에서 피어났습니다. 봄을 먹고 있는 제가 봄으로 피어나는 듯했습니다.

젊어서부터 사실 시골에 살고 싶었습니다. 그러나 용기가 없었지요. 서울에 사는 생활이 익숙했고, 그렇게 살아야 하는 줄 알았습니다.

봄 햇살에 쪼그리고 앉아 달래도 캐고 쑥도 캐고 싶었습니다. 그러나 그런 일은 그냥 꿈 같은 것이었습니다. 그래서 자주 배낭을 메고 떠났습니다. 제주올레와 지리산둘레길 같은 곳을 걸을 때 일부러 밭 사이를, 논 사이를, 동네 길을 걸었습니다. 사람이 사는 집들을 지나면서 슬쩍 문 안도 엿보고, 동네 사람들을 만나면 공연히 말을 걸었습니다. 때로는 할아버지들이 따라주는 막걸리도 서슴없이 받아마시며 그들의 이야기를 듣곤 했습니다.

그 시간을 지나 지금은 이렇게 살고 있습니다. 그리고 책방을 합니다. 어쩌면 책방은 구실에 지나지 않을 수 있습니다. 시골에 살고 싶어서. 물론 책방에서도 끊임없이 감동적인 일들이 벌어지긴 하지만, 시골이어서 그 감동도 더 큰 것이 아닌가 생각합니다.

후배와 달래 캐면서 논 하루가 참 좋았습니다. 오늘 하루 어떻게 보내셨는지요. 좋은 하루, 좋은 날이 되셨길 바랍니다. 봄날을 온전히 누리시면서요.

|10|

음악을 듣는 것도
한 권의 책을 읽는 것처럼

편지를 쓰려다 CD를 갈았습니다. 존 필드의 녹턴. 김대진 선생의 연주입니다. 좀 오래 갖고 있었던 CD여서 발행일이 언제쯤일까 보니 2001년입니다. 20년이 훌쩍 지난 음반. 하긴 CD를 마지막으로 구매한 게 언제일까 생각하니 아득합니다.

뮤지컬 '레미제라블' 25주년 공연에서 장발 장 역할을 맡았던 알피 보 음반을 구매했던 게 마지막인데, 그것 역시 적어도 5, 6년은 지났습니다. 음악을 들어도 음반을 구매하지 않는 시대. 한때는 광화문 교보 핫트랙과 종로3가 서울음반, 세운상가 작은 가게들을 드나들며 신보를 찾았는데 지금은 있는 CD를 돌려 듣고 맙니다.

이곳에 이사 와 한쪽 벽에 책장을 짜 넣으면서 일부는 CD 장을 만들었습니다. 갖고 있던 CD 장이 있었지만 책방 안에 마땅히 둘 곳이 없었거든요. 책도 그렇고, CD도 그렇고. 좀 짐이 많았습니다. 공사하던 분들이 말했습니다.

"이런 걸 요즘 누가 들어요."

그러게요. 클릭 한 번이면 되는 이 편한 시대에 CD라니요. CD를 넣을 수 있는 칸은 얼마 되지 않아 따로 나무상자에 넣어두기도 하고 한쪽에 쌓아두기도 했습니다. 사실 많은 CD 중 듣는 것은 몇 장 되지 않습니다.

오래전, 만화가이면서 클래식 음악에 조예가 깊어 클래식 관련 글도 많이 쓰신 신동헌 선생님 댁을 방문한 적이 있습니다. 거실 벽면은 온통 CD로 가득 차 있었습니다. 세상에나, 이 많은 음악을 듣는다니. 그런데 선생님께서 말씀하셨지요.

"많다고 다 듣지 않아요. 이 중 몇 개만 있어도 좋지요."

그 말뜻을 이제 압니다. 많다고 다 듣는 게 아니라 손이 자주 가는 것들. 제 의자 바로 뒤 테이블에 CD가 쌓여 있는데 아무래도 자주 듣는 것들이지요. 그중에서도 몇 장만 들을 뿐입니다. 긁히는등 흠집이 있어 소리가 끊길 때가 있는데, 그래도 듣습니다.

LP는 거의 듣지 않습니다. 그야말로 마음이 동해서 듣고 싶을 때가 있는데요, 그때는 한 번씩 꺼냅니다. 그러다 금세 CD나 라디오로 돌아갑니다. 처음 책방을 차리고 한동안은 매일 음반을 골라서 들었습니다. 음악을 집중해서 듣고 싶었 거든요. 한 작가에 대해 조금이라도 이해하려면 최소한 그 작가의 책 한 권은 제대로 깊이 읽어야 하듯, 음악도 그렇지요. 이것저것 듣는 것은 '듣는다'라고 말할 수 있을까요. 첫 트랙 부터 마지막 트랙까지 연주자가 고른 음악들을 따라 들어야 아주 조금 연주자를 알 수 있지 않을까요.

그런데 저도 언제부턴가 종일 클래식 FM 라디오만 틀어놓 는 일이 많아졌습니다. 음악만 듣는 시간이 점점 사라지고 있 지요. 가장 먼저는 아마도 이런저런 번잡한 생활 때문일 것입 니다. 책방에 손님이 없어도 종일 무엇인가 바쁘게 지냅니다. 음악을 듣는 것도 책 한 권을 읽듯 집중해서 들어야 음악이 마음에 들어오는데 말입니다,

오늘은 아침부터 종일 흐립니다. 바람도 붑니다.

편지를 쓰다 우리 집 들어오는 길목의 오래된 느티나무 아 래를 서성이다 왔습니다. 그새 잎은 더 푸르러졌습니다. 어떻 게 지내셨는지요?

|11|

혼자 떠나지 않아도 혼자인

알람을 안 해놓았나. 잠이 깨서 보니 밖이 훤했습니다. 휴대전화를 집어 시간을 보니 새벽 5시 50분. 순간 헛웃음이 났습니다. 주중에 맞춰놓은 알람 시간에 깨어난 것입니다. 평소에는 그 시간에 일어나 주섬주섬 옷을 챙겨입고 스포츠센터로 향하거든요.

하지만 오늘은 일요일. 제가 다니는 스포츠센터는 일요일에는 오전 9시에 문을 엽니다. 운동하고 오려면 최소 2시간 반에서 3시간이 소요됩니다. 운전시간만도 왕복 1시간이거든요. 책방 문도 열어야 하는 것도 있지만 따지고 보면 책방이야 아침부터 손님이 있을 리 만무하므로 다녀와도 되지요. 그러나 아침 시간에, 뭔가 일을 해야 하는 시간에 운동하고 사우나를 하는 것이 익숙하지 않습니다.

운동을 본격적으로 시작한 지 올해가 꼭 27년째입니다. 아들을 낳고 바로 수영을 시작했거든요. 아기를 낳을 무렵에는 휴직 상태여서 낮에도 시간은 있었습니다만, 갓난아기를 두고 낮에 운동할 수는 없었습니다. 새벽 6시 수영 강습을 받았지요. 이후 직장생활을 하면서는 더욱더 시간이 없으니 새벽에 운동할 수밖에 없었습니다.

어젯밤, 새벽에 일어나지 않아도 되므로 늦도록 영화를 봤습니다. 그런데 똑같은 시간에 눈을 뜬 것이지요. 화장실을 다녀온 후 다시 침대에 누웠습니다. 한 시간쯤 더 누워 있다 일어날 요량이었지요.

하지만 이미 남편은 마당 일을 한다고 나갔고, 한번 깬 잠이 다시 올 리 만무했습니다. 예전에 친정엄마가 새벽에 일찍 깬다고, 잠을 더 자고 싶어도 잘 수 없다고 했던 말이 생각났습니다. 언제나 잠이 부족했던 저는 잠 없는 사람이 참으로 부러웠거든요. 커피를 여러 잔 마시면서 잠을 깨워야 했고, 낮에는 의자에 앉아 잠깐이라도 졸아야 했지요.

젊은 시절에는 일도 많았고, 생활도 불규칙했으니 그럴 수 있겠다 싶습니다. 지금이야 아무리 책방에서 이런저런 일을 벌인다 해도 출퇴근을 하는 수고도 없고, 회식이며 술자리도 없으며 이런저런 일로 사람들과 부딪치는 일도 없지요. 그래도 마음 불편한 일이 생기는 게 사는 일이어서 그럴 때는 마당에 나가 풀을 뽑는 등 흙을 만지면서 마음을 풉니다. 다른 사람에 대해, 어떤 일에 대해 이러쿵저러쿵 말할 일이 별로 없기도 하고요.

사람들과 어울리다 보면 타인에 대해 말을 할 수밖에 없게 됩니다. 서로 아는 사람들에 관해 이야기하고 이 친구를 만나면 저 친구 이야기를 하게 되고. 그런데 문제는 좋은 이야기보다 안 좋은 이야기를 더 하는 경우가 많다는 것이지요. 그랬다더라, 저랬다더라.

물론 지금도 가끔 그러기도 합니다. 최근에는 한 후배와 아는 친구 이야기를 하다 목소리를 점점 높이고 말았습니다. 둘이 다닐 때 후배가 거의 매번 운전하고 밥값을 냈는데 하루는 웬일로 친구가 밥값을 내겠다고 하더랍니다. 후배는 그래, 너 밥 좀 한번 얻어먹어 보자 하고 함께 일어났습니다. 그런데 계산대에서 카드를 내민 친구가 이렇게 말하더랍니다.

"국밥 한 개 계산해주세요."

뒤에 섰던 후배는 아무 말 못 하고 가방에서 얼른 카드를 꺼내 제 국밥값을 계산했다고 했습니다.

어떻게 그럴 수 있느냐고, 혹시 그 친구에게 흠 잡힌 게 있느냐고 제가 언성을 높이자 후배가 말했습니다.

"옛날부터 그랬어. 서울깍쟁이라서 그런가 보다 생각해."

후배가 오히려 화 내는 저를 말리는 형국이 되었습니다. 지나고 보니 뭘 그렇게까지, 싶습니다. 내 친구도 아닌 것을. 관계란 두 사람만의 일이어서 뭐라 딱 끊어서 말할 수 없는 것을. 같은 사람이라도 누군가에게는 잘하고, 누군가에게는 그보다 못하는. 누울 자리를 보고 다리를 뻗는다고 사람을 봐가면서 자기를 맞추지요.

혼자 극장에 가고, 혼자 콘서트에 가고, 혼자 여행을 가고. 일부러 그렇게 했던 시절이 있었습니다. 지금 생각해보니 아마도 그런 것들은 그렇게 사람들에게서 벗어나고 싶었던 것이지 싶어요. 특히 낯선 곳으로 혼자 여행을 떠났던 것은 나름 잠깐이나마 완전한 자유를 꿈꾸는 것이기도 했고요. 좋든 싫든 일을 하면서는 부대낄 수밖에 없으니까요.

젊음을 지나 시골에 살다 보니 사람 만나는 일도 줄어들고 부딪치는 일도, 사람에 치일 일이 비교적 없습니다. 지금도 도시에서 번잡하게 살고 있다면 여전히 혼자 떠날 일을 궁리하고 있지 않을까 싶네요.

지금은 일부러 혼자 떠나지 않아도 혼자 있는 시간이 많습니다. 종일 책방에 혼자 있는 경우도 있지요. 그래도 혼자 분주합니다. 책방에는 책이 가득하고, 음악은 한없고, 바깥의 자연은 늘 새롭고. 물론 고독합니다. 누군가와 이야기를 하고 싶을 때가 있지요. 가끔 아는 얼굴을 떠올리다 전화를 할 때도 있습니다.

이런 즐거움을 더 일찍 깨달았다면, 생각합니다. 그러나 저마다의 때가 있는 것. 지금의 것을 진작 알았다면 삶에 재미가 없었겠지요. 실수하고, 넘어지고. 닫힌 문 앞에서 절망하고. 그러다 잘하는 일도 있고, 칭찬을 받아 으쓱하기도 하고. 사람 때문에 괴로워하고, 사람 때문에 살아가기도 하고. 단돈 얼마가 없어서 쩔쩔매기도 하고, 호기롭게 카드를 긋기도 하고.

새벽에 잠이 깼으니 책을 읽든가 하면 참 좋을 텐데 이른 시간에 책 읽는 것은 습관이 안 된 탓에 주방에서 밑반찬을 좀 만들고, 밖에 나와 화단과 화분 등에 물을 주는 등 일을 했습니다. 그리고는 빵을 좀 굽고 커피를 내려 소나무 아래로 가 앉아 먼 산을 바라보며 아침을 먹었습니다.

책방에 들어와 책상에 앉은 것은 9시 반 무렵. 컴퓨터를 켜고 일을 시작합니다.

특별할 것 없는 일상을 살아내는 것이 얼마나 소중한지 아시지요? 저는 오늘도 이곳에서 오늘 하루치의 삶을 살아내겠습니다. 계신 곳에서, 하루치의 삶을 살아내시길 바랍니다.

2부

1

나무는 햇빛을 보고 가지를 뻗고

새벽부터 잔뜩 흐리더니 기어이 무섭게 비가 쏟아지는 아침입니다.

비가 오면 이곳은 참 좋습니다. 빗소리를 들으며 비 오는 풍경을 바라볼 수 있거든요. 마른 땅에 후드득 빗방울이 떨어질 때 끼치는 흙내는 또 얼마나 좋은지요. 이런! 폭우로 집 한쪽 벽이 떨어져 나가고 천정에서 물이 떨어지는 바람에 책들이 다 젖어 딱한 처지에 놓였던 제가 이런 말을 하다니, 조금 민망하네요. 그래도 나쁜 일은 금세 잊어버리는 저로서는 지금은 비가 오면 참 좋습니다.

우기에, 평안하신지요.

이 우기가 끝나면 본격적인 더위가 몰려올 테지요. 얼마나 더울까. 6월인 지금도 열대야가 있었는데 말이지요.

지금도 그렇지만, 바깥 일은 이른 새벽에 잠깐 해야 합니다. 저는 쌈 채소를 뜯거나 고추나 오이, 가지 등을 따는 게 전부입니다만 이것도 시간이 제법 걸리고 금세 온몸에 땀이 나지요.

시골에 살면 먹거리가 풍부합니다. 그 풍부함은 매일 물을 주면서 가꾼 덕분이고 수확하는 수고 덕분이지요.

언젠가 오가피순을 많이 따서 장아찌를 담가 몇 사람에게 줬습니다. 그걸 먹어본 사람이 너무나 맛있다며 좀 판매하라고 했습니다. 그래서 오가피순 장아찌 가격을 알아보고 그보다는 조금 적게 말했습니다. 그랬더니 이렇게 말하더군요.

산 것도 아닌데…….

물론 팔려고 만든 것이 아니었지요. 한 바구니 따려면 한 시간은 족히 따야 하는 데다 새벽에 딴다 해도 온몸이 땀에 젖습니다. 한 바구니 가득 따도 장아찌를 담고 보면 얼마 되지 않고요. 오히려 마트에서 사다 하는 게 일이야 훨씬 수월합니다. 거기에 오가피순을 데치고 가지런하게 정리하는 데 꽤 많은 시간이 걸립니다.

다른 채소도 마찬가지입니다. 생긴 것도 제멋대로인 것들을 다듬는 수고는 사실 적잖습니다. 적당한 크기대로 잘 다듬어놓은 것들을 사다 그대로 해 먹는 게 훨씬 편합니다. 그래도 수고를 하는 이유는 흙에서 난 것들을 바로 먹는 즐거움을 누리기 위해서죠. 당연히 건강한 음식이고요.

텃밭을 가꾸면서 농부들의 마음을 조금 알게 됐습니다. 깻잎 한 장도 그냥 더 달라고 할 수 없는 이유지요. 얼마나 살았다고, 어느새 농부의 마음이 되어 비가 오면 저것들이 얼마나 좋을까 생각합니다. 똑같이 심은 것들이 저마다 생김새가 다르게 자라는 것을 보면서 저마다 다른 사람들을 생각합니다.

어디를 향하느냐에 따라 달라진다는 것을 깨닫습니다. 햇빛을 향해 가지를 뻗는 나무처럼 어디를 바라보고 사는가에 따라서 내가 달라지는 것이지요.

황정은의 에세이 『일기』를 읽으면서 그의 생각을 배우고 싶었습니다. 나만 위해 오래 살아온 사람으로서 사회에 곁을 내주는 그의 단단한 글을 읽고 많이 반성했습니다. 책을 읽는 것은 단순한 재미를 넘어서는 일이라는 것을 새삼 깨달았지요.

그런데 나는 누가 어떤 이야기를 굳이 '너무 정치적'이라고 말하면 그저 그 일에 관심을 두지 않겠다는 말로 받아들인다. 다시 말해 누군가가, 그건 너무 정치적, 이라고 말할 때 나는 그 말을 대개 이런 고백으로 듣는다.

나는 그 일을 고민할 필요가 없는 삶을 살고 있다.

그렇습니까? 134쪽

그렇습니까? 묻는 그의 말이 죽비로 내리치는 듯했습니다. 그의 글을 읽고 한 발 다시 나아갑니다. 나이를 먹으면서 눈이 밝아지면 참 좋겠는데.

나이들수록 잘 살아가는 일은 좀처럼 쉽지 않아 그저 하루하루 살아냅니다. 제 앞가림도 못하면서 이런저런 일을 벌이고 살아가는 제가 딱하기까지 합니다.

비가 쏟아지기 전에 쌈 채소도 뜯고 오이, 고추도 좀 따야 했는데 그렇지도 못하고. 그냥 멍하니 비 오는 모습을 바라봅니다.

2

'책 읽기는 가장 나태한 소일거리'

햇살이 아주 뜨겁습니다.

컴퓨터 화면을 들여다보며 이런저런 일을 하다 잠깐 밖에 나갔더니 열기가 훅 끼쳤습니다. 책방에는 에어컨을 틀어놓고 있어서 얼마나 더운지 미처 몰랐거든요. 그 열기에도 마당 한쪽을 차지하고 있는 비비추와 도라지는 보라색 꽃을 활짝 피우고 있습니다. 백합, 원추리 같은 꽃들도 햇빛에 지치는 기색이 없습니다.

그것들을 둘러보고 뜨거운 햇살에 놀라 얼른 나무 그늘로 들어갔습니다. 나무 아래는 바람이 불어 시원했습니다. 계곡 물 흐르는 소리가 좋았습니다. 잠깐 바람 소리, 물소리를 들었습니다.

지난 주말에는 손님들이 여럿 와 묵었습니다. 그들의 아침 식사를 준비하기 위해 샐러드용 채소를 마트에서 샀습니다. 물론 싱싱하고 빛깔도 좋은 것들이었지요. 아삭한 맛이 좋았지만 그래도 텃밭에서 키운 것들이 그리웠습니다.

텃밭 쌈 채소 농사는 봄에 모종을 심었다 장마가 오기 전쯤 끝납니다. 그 잠깐, 그야말로 열심히 매일매일 뜯어 먹다 보면 상추나 겨자채 등에 꽃이 피지요.

이렇게 산 지 얼마나 됐다고. 혼자 가만 웃었습니다. 익숙했던 것들이 더는 익숙하지 않게 되는 것.

그제는 은행에 가서 통장을 개설하고, 체크카드, 인터넷뱅킹 서류 등을 만들었습니다. 한 단체의 통장을 만드는 데 무려 한 시간이나 꼼짝없이 창구에 붙들려 앉아 있었습니다. 기다리는 시간을 포함해서 한 시간 반 남짓 은행에 있다 보니 나중에는 속이 울렁댔습니다.

드디어 통장을 받아 밖으로 나오니 주차장 열기가 대단했습니다. 얼른 차를 타고 40분 남짓(은행이 좀 멀어요) 운전을 해서 달려와 집에 와서는 숨을 크게 쉬었습니다. 이곳은 공기가 달랐습니다. 사방이 흙이고 나무뿐이니 그럴 밖에요. 여기에서 산 지 얼마나 됐다고.

책방은 이렇게 살기 위한 구실이지 싶습니다. 책방을 하기 위해 시골로 들어온 게 아니라, 시골에 살기 위해 책방을 한 것이니까요. 책방, 그것도 시골 책방에 사람이 얼마나 오겠어요. 그러니 처음부터 책방이라는 명분을 만든 것이지요.

책방에서는 책을 쌓아놓고 읽어도 게으르다고 할 사람이 없습니다.

아고타 크리스토프의 자전적 이야기 『문맹』이란 책에는 '독서 병'에 걸린 그에게 쏟아지는 말들이 나옵니다. 그중 이런 말이 있습니다. '소일거리 중에서도 가장 나태한 소일거리'. 읽지 않는 사람들이 보기에는 '가장 나태한 소일거리'가 맞다 싶습니다.

그 나태함의 극치를 책방에서 온전히 누립니다. 책방을 하니까요. 아주 좋은 핑곗거리지요.

"나 책 읽어야 해."

물론 이렇게 말하면서 때때로 다른 일을 제쳐둘 수 있는 형편은 아니지만요.

책을 읽는 동안은 그 세계에 빠져듭니다.

내가 모르는 세계, 현실의 내 세상에서 미처 보지 못하는 세계, 혹은 내가 잊고 살았던 세계를 잠깐이라도 고개 숙이고 들어가는 것. 그것은 앎의 순간이지요. 앎이 찰나에 지나지 않아도 알아가는 것. 그리고 위로를 받는 것. 그것으로 책 읽기는 족하지요.

'세상의 유익한, 쓸모있는' 일을 하다 보면 '나태한 소일거리'가 그리워집니다. 그럴 때 책을 집어 들면 숨이 자연스러워집니다. 내 숨소리도 가만 들을 수 있지요.

피서철, 모두 어디론가 떠납니다.

떠나온 저는 떠날 생각을 하지 않습니다. 이러다 어느 날 바람처럼 떠날 수도 있겠지만요. 이곳에서의 삶이 정말 심심해서 견딜 수 없을 때쯤 아닐까요?

3

우리도 딸기 따러 갈까요?

"늙은 오이 먹어요?"

이웃집에서 전화를 걸어 물었습니다. 전화를 끊고 냉큼 달려갔습니다. 노각은 껍질을 벗겨내고 속을 파내 소금에 살짝 절였다 무치면 여름철 입맛 돋우는 데 최고죠. 이웃집으로 잠깐 가는 동안 그 시원한 맛을 생각하자 군침이 돌 정도였습니다.

큼지막한 노각 네 개를 받아들고 내려오는데 낯선 나무가 보였습니다. 바로 집 앞에 있는 큰 느티나무였습니다. 그대로 멈춰 느티나무를 바라봤습니다. 왼쪽으로 여러 개의 가지가 푸른 잎으로 빛나고 있었습니다.

이 나무는 평소 제가 가장 많이 바라보는 나무 중 하나입니다. 책방 바로 앞에 있어 문을 열고 나가면 언제나 이 나무를 마주하기 때문입니다. 이 나무 주변에는 오래된 느티나무들이 즐비해 지금과 같은 여름이면 그 아래는 숲 터널을 이루지요. 저는 이 오솔길이 좋아 곧잘 일없이 왔다갔다하곤 합니다.

그 방향은 주로 내려갔다 다시 올라오는 게 대부분입니다. 따라서 오늘처럼 위에서 내려오는 일은 거의 없습니다. 마을 산책을 나설 때도 집 앞에서 왼쪽으로 한 바퀴 돌고 아래에서 올라옵니다. 가끔 이웃집을 오가는 일이 있지만 오늘처럼 나무가 낯선 적은 없었습니다.

저는 그대로 서서 나무를 보다 조금 가까이 가서 보고, 길 가운데 서서 보고, 아래로 내려가 다시 올라오면서도 봤습니다. 멀리에서도 보고, 가까이에서도 보고. 나무는 그때마다 다른 모습이었습니다.

지금의 저는 책방을 하면서 사람을 만납니다. 책방에 와서 책을 보는 사람, 차를 마시는 사람이 있지요. 그들과는 시골 책방지기의 모습으로 만납니다. 허리를 곧추세우고 긴장할 필요가 없지요. 앞치마를 한 채로 스스럼없이 만납니다. 정원과 텃밭을 가꿀 때도 마찬가지죠.

책방에서 독서 모임과 에세이 창작 수업을 진행하는데, 그때는 조금 달라집니다. 독서 모임은 각자의 이야기를 듣는 시간이기 때문에 저는 별로 말을 하지 않습니다만, 그래도 조금 긴장을 하지요.

그러나 에세이 창작 수업을 할 때는 다릅니다. 이때는 가르치는 사람이다 보니 꽤 집중합니다. 글은 어떻게 쓰는 것이 좋다, 라는 식의 강의가 아닌 첨삭을 하다 보니 좋다, 안 좋다 직접적인 말을 합니다. 잔소리를 좀 하는 것이지요. 그래야 수강료를 내고 시간을 내서 온 보람이 있으니까요. 책을 만들기도 하는 저는 편집자가 되어서는 조금 더 깐깐한 모습이 됩니다. 나름 꼼꼼하게 일을 한다 해도 나중에 실수가 나오거든요.

뿐 아니죠. 엄마, 아내, 며느리 등 저마다 다른 모습이지요. 친구나 지인, 선후배 관계도 마찬가지고요. 누구에게는 저의 옆 모습이, 누구에게는 저의 뒷모습이, 또 누군가에게는 저의 정면이 다르게 보이겠지요. 누군가가 본 나의 모습이 나의 모습이겠지만, 그것은 그래서 일부밖에 될 수 없습니다.

며칠 전 책방에 오신 분이 이렇게 말씀하셨습니다. 제 책을 읽었을 때는 키도 크고 몸집도 조금 클 것 같았는데 생각보다 작다고. 글에서 만나는 저는 또 다른 모습이구나 생각했습니다.

누구나 다 마찬가지죠. 그래서 우리는 질문하는 것이겠지요. 어떤 모습을 살고 싶은가, 하고 말입니다. 모두가 나지만, 내가 살고 싶은 나의 모습. 그 질문의 끝에서 나를 만나고, 저 안에 있는 나의 모습을 꺼내 들여다보는 것. 그것은 나를 발견하고, 나답게 살아가기 위함이겠지요.

책방을 하면서 비교적 제가 살고 싶은 대로 살고 있습니다. 될 수 있는 대로 하고 싶은 일만 하면서 즐겁게 하려고 하지요. 예전에 비하면 비로소 나로 살아가고 있다 싶을 때가 많습니다. 그러다 제 안의 욕망이 툭 튀어나와 나를 다시 끌고 갑니다. 그러면 다시 흙 묻은 손이 저를 가만 붙잡습니다.

나무를 옆에서 본다고, 뒤에서 본다고 달라지는 것이 아니지요. 나무는 그대로일 테니까요. 내가 생각하는 나를 그리며 자꾸 내 안의 나를 꺼내 이리저리 살피는 것. 그래서 여기서 보고 저기서 보고. 때때로 흙 묻은 손으로 툭툭 쳐가면서. 그렇게 살다 어느 날 흙으로 돌아가야겠지요.

영문학자 정은귀 선생이 쓴 『우리 딸기 따러 가자』를 보면 모호크 족 인디언 할머니는 막막하고 길이 보이지 않을 때 이른 새벽 아이들을 깨워 "딸기 따러 가자"라고 말한답니다. 낙담하는 대신 딸기를 따는 동안 새로운 길을 찾는 것이지요.

한없이 서운하고 속상할 때, 견딜 수 없이 불안하고 어찌해야 좋을지 모를 때, 앞이 캄캄하고 어디를 내디뎌야 할지 모를 때가 있지요. 그럴 때 인디언 할머니처럼 '딸기 따러 가자'라고 외치고 나가리라 생각합니다.

안녕하시지요?

⌂ | 4 |

속 깊은 가을 햇살을 누려요

햇살이 하도 좋아 마당을 거닐다가 마을 한 바퀴를 돌았습니다. 해가 조금 기울고 있었습니다. 억새도 빛나고, 수크령도 빛나고, 벼도 빛나고 있었습니다. 세상 모든 것이 빛나는 시간을 걷는 동안 사방이 조용했습니다. 마침 바람도 잠깐 하늘 밖으로 외출했는지 없었습니다.

고요한 마을. 사람이 사는 집 마당에는 이불이 널려 있었고, 오래된 빈집 앞마당 잔디는 잘 깎여 있었습니다. 한여름 잔디가 무성할 법할 때도 그 집의 잔디는 항상 잘 깎여 있었습니다. 잡초도 거의 없지요. 관리인이 가끔 오나 싶습니다.

가을 햇빛 아래 빛나는 것들은 봄 햇빛 아래 빛나는 것들과는 조금 다릅니다. 가을 햇빛은 속이 좀 깊다고 할까요. 가을 햇빛 아래에서는 냄새도 조금 다릅니다. 할머니 냄새 같은, 다정함이 배어 있습니다. 가을 햇살을 따라 걷는 걸까, 길을 따라 걷는 걸까, 아니면 냄새를 따라 걷는 걸까.

논길로 들어갔습니다. 한때 다랑이논이었던 널찍한 땅은 그대로 방치되어 잡초가 무성한데 위 작은 논에는 매년 벼가 자랍니다. 주인이 다른 땅이지요. 대처로 나가지 않고 평생 농사를 짓고 살면서 당연히 부모에게 물려받은 땅을 팔 일이 없었던 것이지요. 평생 땅바닥에 엎드려 농사를 업으로 삼은 그의 허리는 잔뜩 굽었습니다. 부모에게 물려받은 땅을 자식에게 그대로 물려줄 수 있으니 속이 조금 든든하겠다 싶습니다. 대를 이어 농사를 지을지는 알 수 없지만요.

좁은 논둑은 딱 혼자 걷기 좋습니다. 한쪽 다리에는 벼들이 스치고, 한쪽 다리에는 억새가 스쳤습니다. 도시에 살 때는 일부러 이런 곳을 찾아 걸었습니다. 관광지에서 벗어난 곳을 일부러 찾아가 오래된 마을을 돌아다니고 논두렁을 걷곤 했지요.

논두렁에서 아래를 내려다보았습니다. 잡초가 무성한 땅도 눈이 부셨습니다. 억새와 수크령이 꽃을 피우고, 이름 모르는 잡초들도 저마다 빛나고 있었습니다.

농부의 아들이었던 밀레는 화려한 파리를 떠나 농촌으로 들어가 농부들의 삶을 그렸지요. 그는 이런 말을 했다고 합니다.

"내가 알고 있는 가장 즐거운 일은, 땅 위와 나무 사이에서 누리는 평화와 침묵이다."

오늘 마을을 산책하면서 밀레의 그 말이 떠올랐습니다.

도시를 떠난 이유는 이런 평화를 누리기 위함이었습니다. 언제든 평화로운 산책이 가능한 마을을 만나고 침묵이 가능한 시간을 지나다니, 새삼 운이 좋다 생각했습니다.

책방에서 이런저런 일을 벌이면서 한판 재미나게 놉니다. 침묵과 고독의 시간을 지나는 날이 있는가 하면 또 한판 노는 날도 있는 것. 그러나 이런 놀이를 언제까지 할 수 있을까 문득 생각합니다. 앞으로 남은 시간은 침묵과 고독의 시간이 더 많아지겠지요.

가을 햇살에서 익어가는 것들은 스러지는 것들입니다. 곧 잎사귀는 떨어지고 그것들은 땅으로 돌아가겠지요. 우리 모두도 그런 순간들이 올 것이고요. 그날까지 잘 놀다 가야겠지요. 천상병 선생의 시처럼 우리는 모두 이 세상에 소풍 나온 것이니까요. 선생처럼 소풍을 끝내고 돌아가 이 세상이 아름다웠노라고 말할 수 있으려면 오늘이 가장 아름다운 날이어야겠지요.

아직 가을 햇살이 좋은 날이 남아 있습니다. 부디 이 햇살 아래 최고의 날들을 지내시길 바랍니다. 저도 넉넉히 이날들을 지내겠습니다.

5

오늘 딴 모과 향을 보내드립니다

처음 이곳으로 이사했을 때 지금 꽃잔디가 있는 자리에 몇 그루의 나무가 있었습니다. 3월이었고, 잎 하나 난 것이 없었으므로 저는 어떤 나무인지 몰랐지요. 집을 공사하던 분이 말했습니다.

"감나무네요."

양지바른 한쪽으로 옮겨 심은 감나무는 잎을 많이 피우지 못했습니다. 집 입구에도 큰 감나무가 있던 터라 감이 아쉬운 건 아니었습니다. 그래도 감나문데, 가끔 그 나무를 볼 때마다 생각했습니다.

한 해 두 해 지나면서 잎이 조금씩 더 났지만 열매는 열리지 않았습니다. 4년째 되던 어느 날, 작은 열매가 달렸습니다. 꽃도 못 봤는데 드디어 감이 열리는구나 반가웠습니다. 단감일까 대봉일까, 아님 토종감일까 궁금하기도 했지만 더 자라야 알 수 있는 일이었습니다.

어느 날 보니 감이 아니었습니다. 모과였습니다. 모과라니, 모과라니. 남편을 불러 모과야, 큰소리로 말했습니다.

오늘 그 모과를 땄습니다. 언제 따야 할지 몰라서 망설이다 오늘 같은 맑은 가을날 따면 좋겠다 싶었지요. 모과는 가지에 딱 붙어 있었습니다. 그렇지요, 모든 열매는 가지에 딱 붙어 있긴 하지요. 그런데 이 모과는 사과처럼 작은 가지 끝에 길게 매달린 것이 아닌, 조금 굵은 가지에 그냥 딱 붙어 있는 것이었습니다.

조금 노란 것은 손을 대니 툭 떨어졌습니다. 마치 다 익은 참외가 스스로 가지를 벗어나듯 이것도 가만두면 그렇게 나무에서 벗어나는구나 싶었습니다.

모과가 달린 것은 모두 네 개였는데 그중 하나가 떨어지지 않았습니다. 나름 조금 세게, 한쪽 가지를 붙잡고 비틀었습니다. 손가락에 슬쩍 생채기가 났습니다. 아직 덜 익어 떨어질 준비가 안 된 모과였던 것이죠. 따고 나서야 조금 더 나중에

딸 걸 싫었습니다. 어차피 때가 되면 스스로 떨어질 텐데 말입니다.

너무 좋은 계절, 오늘은 햇살도 좋네요.

사방은 단풍 들어 어디에 눈을 돌려도 저마다 다른 색깔로 빛납니다. 집 앞으로 펼쳐진 소나무 숲은 언제나 그대로인 것처럼 보이지만, 사실은 소나무 주변의 다른 나무들이 사계절 내내 다른 풍경을 자아내므로 소나무 숲도 다릅니다. 지금은 그 아래 생강나무 잎이 노랗게 물들어 유독 도드라진 그것을 보고 또 봅니다. 은행잎과는 조금 다른 노란빛이 여간 고운 게 아닙니다.

단풍놀이하겠다고 사람 많은 곳을 찾아다녔던 시절도 있었는데 지금은 이곳에서 꼼짝하지 않아도 단풍이 찾아듭니다. 얼마 전에는 유명한 화담숲을 갔다 책방에 온 사람들이 있었습니다. 그들은 사람에 치이다 생각을담는집 가자, 하고 와서는 소나무 아래 앉아 화담숲보다 좋다고 말하기도 했습니다. 너무 자랑질이지요?

살아갈수록 이곳이 좋습니다. 살아갈수록 좋다니, 참 좋은 말이지요?

얼마 전, 수십 년 만에 한 친구와 메시지를 주고받다 여기 참 좋아, 오면 좋을 거야, 라고 문자를 보냈습니다. 그러자 그가 문자를 보내왔습니다.

'여기 참 좋아, 이 말이 참 좋다.'

참 좋은 문자가 왔다갔다하는 동안 눈물이 핑 돌았습니다. 카톡 창을 한참 들여다보다 이상하네, 좋은데 눈물이 나네, 라고 보냈습니다. 그러자 그가 이렇게 문자를 찍었습니다.

'아, 나하고 똑같네. 이미 한 방울.'

어느새 좋은 것이 웃음과 같은 것이 아니라는 것을 아는 나이에 이른 우리는 말했습니다. 나이 탓이라고.

이병률 시인은 『그리고 행복하다는 소식을 들었습니다』에서 말했지요. 십 년 넘게 만나지 않은 사람은 무슨 일이 있어도 다시 만나면 안 된다고 생각한다고. 그 긴 세월 동안 마땅히 그만한 이유가 있었으므로 만나지 않은 거였다고. 어떤 공기조차 남아 있지 않은 상태라고. 고개가 끄덕여졌습니다.

어느 날, 십 년도 지난 얼굴들이 그리울 때가 있습니다. 어떻게 지내는지 궁금하기도 하고요. 그러나 굳이 연락하지 않습니다. 만난다고 한들, 이병률 시인의 말처럼 만나지 않았던 그 긴 시간 동안 아무것도 하지 않았으면서 뭘 돌이키려고 할까 싶은 것이지요.

모과가 익으면 나무에서 절로 떨어지듯 사람의 관계에도 때가 있다고 생각합니다. 매일 만나도 할 이야기가 산처럼 많았던 어느 한 시절의 친구들이 사라진 것처럼 말입니다. 누구의 잘못이 아닌, 그냥 때. 그러니 굳이 친구 사이에서는 연인 관계에서처럼 그만하자, 이런 말을 하지 않는 것인지도 모릅니다. 굳이 생채기를 내면서 헤어지지 않아도 어느 날 보면 서로 멀리 있으니까요.

수십 년 만에 그와 그렇게 연락을 한 것은 그가 우리 책방에 오기로 했기 때문입니다. 친구로서라기보다 작가로서. 그러니 그는 그대로, 저는 저대로의 상념에 젖어 각자의 눈물을 떨군 것이었을 테지요. 서로와 또 주변의 이름들을 부르며. 저 젊은 시절, 아무것도 없는, 내일이 두렵고 막막하던, 그래도 계속 읽고 쓰며 살아야지 했던.

참 좋다고, 이미 좋았다고 말하는 지금의 그와 나는 어느새 한세월을 건너왔습니다. 어떻게 사나 싶었는데, 여기까지 흘러와서 좋다고 말합니다. 다행스러운 일이지요.

우리는 언제나 행복을 찾습니다만 지금 좋은 것, 햇빛이 좋다고 쪼그리고 앉는 것, 바람이 좋다고 눈을 감는 것, 비가

87

좋다고 하염없이 빗줄기를 바라보는 것, 이런 것들이 행복이 아닐까 싶어요. 그러니 언제나 좋을 수도 있고요.

오늘 딴 모과 향을 보냅니다. 참 좋지요?

|6|

아직 도처에 슬픔이 있는데도
좋다고 말하네요

날씨가 영하로 떨어지니 비로소 겨울 같습니다. 계신 곳은 따뜻한지요.

한동안 날씨가 따뜻해서 좋긴 했습니다. 특히 시골 생활에서는요. 그래도 겨울은 겨울다워야지요.

옷을 조금 껴입고 마을을 한 바퀴 돌았습니다. 햇살은 좋고 바람이 없어 사실은 추위를 잘 느끼지 못했습니다. 마을 위는 산길로 연결됩니다. 입구 너른 땅은 정원수 농원으로 소나무와 단풍나무 등이 꽤 멋진 풍경을 자아냈습니다. 커다란 단풍나무들이 아름다워 큰 것 한 그루 마당 한쪽에 심으면 멋지겠다 생각하곤 했지요.

며칠 전 산책할 때 보니 나무들이 가득했던 그곳이 중간중간 휑했습니다. 아예 밑동을 잘라낸 것도 있고, 땅이 움푹 들어간 곳도 있었습니다. 깜짝 놀랐습니다. 나무를 파낸 것은 어디론가 옮겨간 것이겠지만, 밑동을 잘라낸 것은 나무를 죽여버린 것이니 웬일인가 싶었지요.

오늘 다시 올라갔더니 그새 땅은 평평해졌습니다. 훤하게 밀린 널찍한 땅은 너무 낯설었습니다. 나무들이 많을 때 그곳을 지나 산속으로 들어가곤 했습니다. 조금만 들어가도 산은 깊었습니다. 커다란 나무들이 즐비했습니다.

산속의 길은 차 한 대가 다니기 적당할 만큼의 길이지만 사람이나 차나 거의 다니지 않는 길이어서 조용했습니다. 봄에는 산철쭉이 무더기로 피어난 곳을 지나면 한쪽으로 소나무 숲이 한없이 이어집니다.

약간 경사진 길을 오르다 뒤돌아서면 걸어온 길이 걸어갈 길을 일러주는 듯 가지런하게 펼쳐집니다. 내려올 것을 걱정하지 않아도 되는 길. 그래서 그 길을 올라갈 때면 저는 종종 뒤돌아서서 길을 바라보곤 했습니다. 그 길의 온기가 돌아서서 산을 오르는 동안 내내 함께해서 좋구나 생각하면서요.

이제 평지가 된 길을 따라 아직 숲으로 들어가 보지는 않았습니다. 잘 정리된 땅은 낯설기만 합니다. 아마도 땅 주인이 바뀌었거나, 바뀔 채비를 하거나 하겠지요.

나무가 사라진 것만으로도 마음이 휑한데, 나중에 무엇이라도 들어선다면 어떨까 싶습니다. 제가 사는 집터도 집을 짓기 전에는 고추밭이었고, 주변의 오래된 나무들을 베어내고 집을 지었다고 하니 언젠가 건물이 들어서는 것은 당연한 일인데도 말입니다.

무슨 걱정을 벌써부터 하나, 얼른 마음을 내려놓고 주변을 둘러봅니다. 지난봄 동네를 환하게 비추었던 커다란 목련나무는 작은 가지마다 잔뜩 겨울눈을 매달고 있었습니다. 내년 봄에는 또 얼마나 많은 꽃을 피울까 올려다보는데 가슴이 떨렸습니다.

그러다 문득 이런 생활이 참 좋구나, 그런데 이렇게 좋아도 되나 싶었습니다.

젊은 시절에는 오래 슬펐습니다. 슬픔이 떠나지 않았습니다. 슬퍼하는 내가 슬펐습니다. 그런데 언제부턴가 슬픔 없이도 살아가는 내가 보였습니다. 슬퍼하지 않는 내가 이상하기도 합니다. 슬픔은 도처에 있는데도 슬픔을 모르다니요.

슬픔은 나를 떠났을까, 싶지만 오래 슬퍼한 저로서는 저

바닥 깊은 곳에 슬픔이 똬리를 틀고 있다는 것을 압니다.

슬픔이 없는 삶을 꿈꾸었습니다. 그런데 슬픔 없는 삶은, 슬픔을 느끼지 못한다는 것은 또 얼마나 불행한가요. 그렇다면 지금 나는 불행한 것인가. 슬픔 없는 삶을 원하지만, 슬픔 없는 삶이 불안한, 대체 나는 왜 이럴까, 나를 어떻게 하면 좋을까, 거짓 슬픔으로 나를 위장할 수도 없는 일이고.

그런데 생각해보니 불과 한 달 전까지만 해도 저는 어떤 일로 화도 났고, 그 화는 슬픔으로 이어지기도 했었습니다. 개인적인 것뿐만 아니라 뉴스를 보다, 책을 보다 여전히 붉으락푸르락하면서 살지요. 곧잘 눈물도 흘립니다. 그런데 뒤돌아서면 잊어버립니다. 이게 다행일까요? 깊이 느끼지 못하는 것은 아닐까요? 살아있다는 것을 자각하지 못한 채 그냥 하루하루 살아가는 건 아닐까요? 그냥 다 그런 거야, 하는 건 아닐까요?

바람이 불자 나뭇잎이 쏟아졌습니다. 추웠습니다. 어깨를 잔뜩 웅크렸습니다. 하늘을 보니 커다란 느티나무에는 아직 잎들이 많이 남아 있었습니다. 이제 곧 겨울나무가 되겠지요.

좋았습니다. 그새 또 잊어버린 채 조금 흐린 하늘도 좋고,

찬 바람도 좋고, 쏟아지는 나뭇잎도, 그것들이 사방으로 흩어지는 모습도 좋았습니다. 그래도 잰걸음으로 얼른 책방으로 들어왔습니다. 밖은 너무 추웠으니까요.

7

어린 나를 가끔 한 번씩 만나 놀고

올겨울엔 눈이 참 많이 옵니다. 제가 사는 이곳에서는 벌써 세 차례나 폭설이 내렸습니다. 계신 곳은 어떤지요. 눈이 오거나 비가 올 때면 느끼지요. 좁다는 우리나라가 얼마나 넓은지.

도시 아파트에서는 눈 치울 일 없이 살았는데 이곳에서는 눈을 치우며 삽니다. 트랙터가 마을 길을 한 번 쓸고 지나갑니다만 집 앞길과 마당, 베란다 등은 직접 치우지 않으면 안 되지요.

눈 치우는 게 얼마나 힘든 일인지 사실 저는 잘 몰랐습니다. 겉으로 보이는 고운 눈을 보면 그것이 품고 있는 위력을 느끼지 못하니까요. 언젠가 한 번 이깟 눈 내가 치우리라 생각하고 넉가래로 조금 밀다가 금세 나가떨어졌습니다. 허리도 아프고 어찌나 힘이 드는지, 다시는 눈 치운다는 말을 하지 말아야지 했습니다.

눈은 대개 남편이 치웁니다. 시골살이하면서 남편은 한시도 가만있지 않는데 비교적 겨울에는 한갓지게 지내는 편이지요. 그러다 눈이 오면 눈을 치우느라 너덧 시간 노동합니다. 얼굴이 벌게져서 하이고, 하면서 말이지요.

추운 날이 계속되자 항아리며 보리밭 등에 눈이 그대로 쌓여 있습니다. 햇살이 비추면 반짝 빛나는 풍경이 얼마나 아름다운지 모릅니다. 텀벙, 들어가고 싶은 마음이 일지요. 발자국도 남기고 싶고요. 그런데 고운 눈이 아까워 차마 그렇게 할 수 없습니다.

눈이 오고 난 후에는 사실 눈도 치우지 않았으면 하는 마음입니다. 발자국을 남기는 것도 아깝거든요. 그래서 처음 이곳에 들어와 눈 내린 날 눈을 치우지 말자고 했다가 남편에게 아주 혼이 났습니다.

며칠 전에는 귤 한 개를 갖고 나가 눈 위에 슬쩍 얹고 사진을 찍었습니다. 참 예뻤습니다. 이렇게도 찍고 저렇게도 찍고.

그러느라 겨울 햇살 아래 쪼그리고 앉아 있었습니다. 손이 시려도 따듯했습니다.

지난 화요일, 가까운 온천에 다녀왔습니다. 화요일은 책방이 공식적으로 쉬는 날이거든요. 여름과 가을을 지나면서 겨울엔 좀 쉬어야지 생각했었습니다. 그런데 어쩌다 보니 연말이 되었습니다. 책방이 쉬는 날에도 이런저런 사정으로 문을 열고 있었지요. 조금 아쉬운 마음이 들었습니다. 생각하니 그동안 만나지 못한 친구도 보고 싶고, 동생도 보고 싶고, 바다도 보고 싶고. 그런데 그런 것도 다 일이겠다 싶었습니다. 이런 제 마음을 알아차렸는지 남편이 온천에 가자고 했습니다.

온천물에 몸 담그고 찜질방으로 올라가 혼곤한 상태로 자다 깨다 일어나 우동 한 그릇 사 먹고 다시 뜨거운 찜질방에 들어가 드러누웠습니다. 밥을 먹고 바로 드러눕다니, 오래전 병원에 입원했을 때를 제외하고는 거의 처음이지 싶었습니다. 책 한 권 갖고 간다는 것을 깜빡하고 그냥 가서 그 시간을 어찌하나 싶었는데 자다 깨다 하는 동안 시간이 다 가버렸습니다.

오래전 젊은 시절에는 가끔 그렇게 지낸 시간이 있었습니다. 주말이거나 휴가 때, 온전히 쉬는 것이지요. 그러다 아이를 키우고, 나이를 먹고, 특히 혼자 혼자 일을 시작하고 나서는 그런 일이 드물었습니다. 어쩌면 매일 쉬는 날 같으면서 매일 무엇인가를 하지 않았나 싶습니다.

이곳으로 들어와 책방과 정원을 가꾸면서 사는 생활 역시 매일 쉬는 날이자 매일 뭔가를 하는 날들이었습니다. 가만있으면서도 꿈을 꾸는 날들. 며칠 전 온천에서처럼 종일 뒹굴며 아무것도 하지 않는 날은 없었지요.

참 오랜만에 쉬었다는 생각이 들었습니다. 그날 밤, 낮잠도 잤겠다 잠도 오지 않을 테니 늦도록 영화를 봐야지 했지요. 그런데 웬걸요. 밤이 되자 졸렸습니다. 영화를 틀어놓고 꾸벅꾸벅 졸다 침대로 들어갔습니다. 이상하네, 졸리면 안 되는 거 아닌가 하면서 말이지요.

늙어가는 몸을 따라 마음도 깊어질 줄 알았습니다. 그런데 마음은 때때로 더 작아질 때가 있습니다. 그럴 때는 조금 당황스럽습니다. 어쩌자고 이럴까 싶지요. 그럴 때는 어린 나를 슬쩍 일으킵니다. 속 좁고 철딱서니 없는 그 아이를 야단치면서 말이지요.

그러다 그 어린아이의 마음으로 쑥 들어가 봅니다. 눈 쌓인 길을 퐁퐁 뛰어가고 싶어 하는 아이, 곱게 쌓인 눈 위에 발자국마저 남기는 것을 아깝게 여겨 슬쩍 물러나 있는 아이. 어떤 아이가 더 아이다울까 생각하다 일찍 철이 드는 것은 슬픈 일이구나 싶어집니다. 나이에 맞게 산다는 것은 뭘까요.

그래도 나이를 먹은 지금 아이의 마음을 갖고 싶습니다. 아이의 마음에 들어가 아이처럼 뒹굴고 싶고, 떼도 써보고 싶고, 일찍 철든 아이의 어깨를 가만 토닥여 주고 싶기도 하거든요. 그러다 보면 늙어가는 몸과 함께 마음의 깊이가 조금 달라지지 않을까 싶어서요.

8

겨울엔 역시 두툼한 소설책이 최고지요

혹한이었지요, 그동안.

다시 날이 풀리자 책방 옆 계곡도 몸을 풀고 흐릅니다. 물 소리를 듣고 마당에 가득한 햇살을 따라 걷다 보니 봄인가, 싶었습니다. 마음은 항상 이렇게 봄을 향해 앞서갑니다. 설레 는 마음과 함께요.

겨울을 앞두고는 채비를 한다고 하지요. 그런데 봄은 그냥 설레는 마음으로 기다립니다. 웅크렸던 어깨도 쭉 펴면서요.

겨우내 평안하셨는지요. 아직 겨울인데 이런 인사를 하다 니. 그래도 따끈한 햇살이, 물 흐르는 소리가 절로 봄 인사를 하게 하네요.

봄은 기어이 온다는 것을 시골에 살면서 온몸으로 느낍니다. 이번 겨울은 유난히 더 추웠습니다. 눈도 정말 많이 왔고요. 집 앞 소나무 아래로는 눈이 제법 많이 쌓여 있어 내내 눈 구경을 하고 살았습니다.

겨울의 책방은 더욱 조용합니다. 그 고요 속에서 저는 주로 책을 읽고, 음악을 들으며 지냈습니다. 어쩌다 중국 작가 옌롄커의 『레닌의 키스』와 위화의 『원청』 두 권을 내리읽었는데, 두 권 모두 꽤나 두툼합니다. 그러다 보니 겨울이구나 싶은 생각도 들었습니다. 아직 밥벌이에 내몰리기 전, 겨울이면 두꺼운 책을 읽곤 했었거든요. 따뜻한 방바닥에 배를 깔고 책을 읽다 까무룩 잠이 들기도 했었고요.

나가 놀기는 몸뿐만 아니라 마음도 추웠던 시절을 그 두꺼운 책들이 없었다면 어떻게 지냈을까. 물론 지금은 읽긴 읽었으나 내용은 기억나지 않는 세계문학이 대부분이지만요.

이번 겨울에도 그런 생각이 들었습니다. 때때로 삶은 참으로 무료하기 그지없습니다. 종일 사람 구경을 못 하는 날이 많지요. 만일 책을 읽지 않는다면 무엇을 할 수 있을까, 음악을 듣지 않는다면, 영화를 보지 않는다면 무엇을 할 수 있을까, 이 겨울에.

읽는 일은 그야말로 세상 편한 일입니다. 이야기 속으로, 작가를 따라 한 세계 속으로 들어가기만 하면 되는 일이니까요. 한동안은 닥치는 대로 읽기도 했는데, 읽기 위해 읽는 것이 아닐까 하는 생각마저 들었습니다.

사실 저는 밤마다 영화를 봅니다. 넷플릭스와 애플TV 등 OTT를 통해 전 세계 영화와 드라마를 보지요. 극장에 가서 영화를 볼 때는 돈을 내고 제법 신중하게 골라서 봅니다. 집에서 볼 때와 그 감동이 다를 수밖에 없지요. 집에서 볼 때는 심지어 본 것을 또 보기도 합니다. 물론 좋은 작품이라 또 찾아보기도 합니다만, 그냥 본 줄을 모르고 또 보는. 한참 보다 어, 본 것 같다 싶은 것이죠. 그러니, 본다는 것은 과연 보는 것인가 싶을 때가 있습니다. 읽기 위해 읽고, 보기 위해 보는 것일 뿐 아닌가. 생각은 멈추는.

그러다 봄이 되면, 봄이 되면 밖으로 나돕니다. 사방에서 터지는 생명이 신비한 때. 그것들을 보느라 몸이 자꾸 밖으로 향합니다. 풀 하나 뽑으려 했을 뿐인데 어느덧 시간이 훌쩍 지나 있기 일쑤지요. 그렇게 손에 흙을 묻히고, 아이고 허리야 하다 또 혼자 생각합니다. 이러다 언제 읽고 쓰나. 그러면 어느 날 만사를 제쳐놓고 책상에 붙어 있습니다. 허기를 때우고 나면 다시 몸이 근질거리고.

살아가는 일은 채우고 비우는 일의 연속이지요. 먹고 배설하는 일이 우리 몸을 지탱하는 중요한 요소인 것처럼, 정신도 그렇지요. 책이야 안 읽어도 그만이지요. 책을 읽는다고 삶이 확 달라지는 것도 아니고요.

그런데 그렇게 채우지 않으면 빈 상태라는 것. 제겐 그것이 책이라는 것이지만, 저마다 다른 요소를 갖고 살아가겠지요. 채우고 배설하고, 채우고 배설하면서 자신만의 생활을 만들고 유지하는 것. 우리는 모두 그렇게 살아가고 있지요.

어떤 것으로 생활을 가꾸고 계세요?

| 9 |

혼자 모래성을 쌓으면서도 즐거워요

봄이어요, 라고 말할 만큼 햇살이 따끈한 날입니다. 저는 햇살을 등지고 앉아 책을 읽다 입고 있던 조끼를 벗었습니다. 순간 마당이 궁금했습니다. 봄이 되면 가장 먼저 올라오는 명이나물이 순을 틔웠나, 지난 늦가을에 뿌린 시금치는 싹이 올라왔나. 아침에도 돌았던 마당. 반나절 사이 달라질 게 뭐 있을까만서도 천천히 한 바퀴 돌았습니다. 달라진 바람. 그래도 아직은 춥긴 춥네요.

그간 평안하셨는지요. 저도 이곳에서 잘 지냈습니다. 독서 모임과 글쓰기 수업을 진행하고, 공모사업에 서류를 제출하면서 보냈지요. 공모사업에 서류를 낼 때마다 혼자 상상의 나

래를 폅니다. 기획은 물론 예산과 결과물까지 기획서에 써내
는데, 사람들과 함께 뭔가를 할 생각을 하면 벌써 흥분합니
다. 이런 것도 해보고 저런 것도 해보고. 혼자 모래성을 쌓는
것이지요.

공모사업이 안 되면 책방에서 진행할 수 있는 것도 있고,
어떤 것은 아예 할 수 없는 것도 있어요. 돈이 좀 들어가는 일
은 제가 어떻게 할 수 없으니까요. 공모사업을 한다 해도 사
실 책방이 지원금을 받는 것은 아닙니다. 대부분 작가 강연
같은 것인데, 작가 강사비를 지원받는 것이지요. 지원사업을
진행하기 위한 온갖 서류와 행사 진행, 책방이란 공간을 사
용하는 사용료는 없습니다. 모르는 사람들은 말합니다. 그
래도 뭔가 있으니 하겠지. 그 뭔가는 그렇게라도 해야 책방에
사람들이 드나든다는 것이지요. 한두 권 책도 좀 팔고요.

그래도 모래성을 쌓는 동안 즐겁습니다. 실컷 맘먹는 일이
니까요. 인생이 맘먹은 대로 되는 게 아니지만, 맘도 먹지 않
으면 아무것도 할 수 없지요. 모래성이라도 열심히 쌓다 보면
진짜 성을 쌓을 날도 있지 않을까요? 하긴 못 쌓아도 그만이
지요. 한 발짝 걷는 시늉으로도 족하지 싶습니다.

삶은 목적을 두고 살아야 한다고 하지만, 삶의 목적은 무

엇일까요. 우리의 삶이 목적을 갖고 태어난 게 아닌데 말이지요. 인문사회학자 조형근은 『나는 글을 쓸 때만 정의롭다』에서 '우리는 목적을 위해 태어나지 않았다. 실존은 본질에 선행하고, 삶은 이유 없는 출발일 뿐'이라고 말합니다.

이유 없이, 내 뜻과 무관하게 태어나 길을 나섭니다. 삶의 목적지는 어쩌면 죽음입니다. 그동안 우리는 걸어갈 뿐입니다. 저마다 다른 길, 저마다 다른 방식으로 말이지요. 조물주가 만든 거대한 그림은 있겠지만 우리가 그것을 알 수 없지요. 그냥 살아갈 뿐입니다.

십수 년 전 제주올레길을 오래 걸었습니다. 배낭 메고 그냥 훌쩍 공항으로 가서 비행기를 타곤 했지요. 혼자도 걷고, 아직 어린 아들을 앞세워 걷기도 하고, 친구와 걷기도 했습니다. 그러면서 풍경도 보고 사람도 봤습니다.

정해진 코스대로 걷는 사람도 있고, 그 코스를 적당히 무시하고 걷는 사람도 있고. 코스별로 확인 도장을 찍는 사람도 있고, 도장이 무슨 상관이람 하고 내쳐 걷는 사람도 있고. 종일 걷는 사람도 있고, 적당히 그만두는 사람도 있고. 함께 걷는 사람도 있고, 혼자 걷는 사람도 있고. 어떻게 걸을까 계획을 짜고 걷는 사람도 있고, 그냥 길을 나서는 사람도 있고. 좀 빨리 걷는 사람도 있고, 천천히 걷는 사람도 있고. 그야말로 천차만별입니다.

어떻게 걸어야 한다는 규칙이 없습니다만, 저마다 나름의 규칙을 갖고 걷지요. 그 나름의 규칙이 바로 그인 것이지요.

올레길을 이야기하다 보니 그때 길에서 만난 사람들이 생각나네요. 한 청년이 앞질러 열심히 걸어가 젊음이 좋구나 했더니만 한참 가다 보니 그늘에서 낮잠을 자고 있더군요. 우연히 보폭이 비슷해 함께 걷게 된 중년남성 둘과 작은 구멍가게에서 김밥을 먹기도 했는데 한 사람이 아는 이의 시동생이었지요. 또 거문오름에서 만난 젊은 신혼부부에게 음료수를 건넸는데 다시 우연히 식당에서 만나자 그들이 선뜻 밥값을 내기도 했지요.

길을 걷는다는 것은 그렇게 사람을 만나는 일이었습니다. 낯선 세상에 혼자 태어났지만 가족을 만나고 사는 동안 수많은 사람을 만나 그들로부터 음으로 양으로 영향을 받아 삶을 만들어나가는 것처럼요. 어떻게 살아야 할까. 어떤 인생을 살아야 할까. 답이 명쾌하다면 참 재미없겠지요.

일을 안 하고 살면 얼마나 좋을까 생각했습니다. 남들보다 일찍 밥벌이를 시작했으니 밥벌이가 지겨웠거든요. 단순노

동도 있었고, 명함을 내미는 것도 있었지만 먹고살 수만 있다면 일을 안 하고 살고 싶었습니다.

어느 날부터인가 일이 좋았습니다. 일은 단순한 밥벌이를 위한 것이 아니지요. 유토피아에서 과연 인간은 행복할까. 조지 오웰은 산문 『사회주의자는 행복할 수 있는가』에서 '그들은 분명 끝없이 배불리 먹고, 마시고, 사냥하고, 섹스하면서 행복을 느꼈을 것이다. 그런 생활을 몇 주 하고 난 후에도 지겨워하지 않을 사람이 있겠는가?'라고 질문합니다.

오늘도 책방 문을 열고 이 일 저 일 궁리하면서 책을 읽었습니다. 손님을 기다리는 일은 너무나 지루한 일이고, 타인의 시간을 사는 일이니까요. 이제 정말 봄이 되면 마당 일도 좀 하고 몸은 더 바빠지겠지요. 손도 거칠어질 것이고요. 이렇게 몸으로 살려고 이곳으로 왔으니 족합니다.

어떤 길을, 어떻게 걷고 계신지요.

|10|

혼자보다는 함께가, 그래도 좋지요?

오늘 아침에는 명이나물을 뜯었습니다. 명이나물 한 줌을 뜯어 조금은 삼겹살을 구워 쌈을 싸 먹고, 조금은 매실 원액과 고추장을 섞은 양념을 골고루 발라 고운 쌀밥에 얹어 먹을까 생각합니다.

명이나물의 다른 이름이 산마늘인 만큼 명이나물은 마늘 향이 강하지요. 맨밥에 그냥 싸 먹어도 좋지만, 명이나물은 돼지고기와 어울립니다. 과학적으로도 명이나물에 있는 알리신 성분이 돼지고기의 비타민 B_1의 흡수율을 높여 준다고 합니다. 아직 밥때가 아닌데 생각만으로 입에 침이 도네요.

명이나물 모종을 사다 심은 건 이곳에 이사한 이듬해였습니다. 첫해에는 죽지 않고 뿌리내리길 바랐는데 다행히 모두 잘 살았습니다. 계절을 지나는 동안 잊었지요. 이듬해 삐죽삐죽 순이 올라와 깜짝 놀랐습니다. 아직 아무것도 땅에서 나온 게 없는데 가장 먼저 봄소식을 알리고 있었거든요.

양지바른 땅을 매일 바라보면서 뭐가 올라왔나 소식을 기다릴 때였는데 소나무 아래 그늘에 심은 명이나물이 새순을 틔워 더욱 깜짝 놀랐던 기억이 납니다. 며칠 전 폭설이 내렸을 때도 전혀 기죽지 않고 푸른 것을 보고 그러니 명이나물이 약이 되는구나 싶었습니다.

명이나물은 보통 두 개의 순이 나옵니다. 잎 하나는 따고 하나는 남겨두는데, 두 잎을 다 따버리면 이듬해 순이 안 나온답니다. 재배농장에서는 일일이 그렇게 따다 보면 인건비가 들어가므로 싹둑 잘라낸다고 하네요.

지금은 명이나물을 강원도등에서도 재배하지만 원산지는 울릉도입니다. 먹고살 것이 없었던 계절, 울릉도 사람들이 봄에 나오는 명이나물을 먹고 연명했다는 데서 이름이 유래했다는 말도 있고, 귀를 밝게 한다는 데서 유래했다는 말이 있는 만큼 명이나물은 약성이 강합니다.

저는 이십여 년 전 울릉도를 여행하다 그곳에서 명이나물을 채취하는 분을 알게 됐고 매해 그분께 명이나물을 주문합니다. 며칠 전에 연락을 드렸더니 이제 더는 안 하신다고, 다른 사람 연락처를 알려주시더군요. 울릉도 것이라고 해도 자연산과 재배한 것이 또 다른데요. 자연산은 줄기째 채취, 잎 두 장이 그대로 있습니다. 가지런하게 묶어서 판매하는 마트 상품과 달리 마구잡이로 보냅니다. 크기도 제각각이고요.

자연산 명이나물 채취 기간은 딱 한 달밖에 주어지지 않는답니다. 그것도 채취 허가를 받은 사람만 가능하고요. 그만큼 관리가 철저한 것이겠지요. 산속에 들어가 채취해야 해서 바위를 타기도 하는 등 위험도 따르고요.

매일 채취를 할 수도 없답니다. 비가 오면 채취가 힘들고 바람까지 거센 날은 배가 뜰 수 없어서, 주말에는 택배를 보낼 수 없는 등의 이유가 있지요. 그래서 보름 정도 채취한다고 보면 된다고 합니다. 그러니 무조건 주문할 수도 없습니다. 미리 돈을 보내놓으면 순차적으로 매일 따서 보내기 때문에 그냥 기다려야 합니다.

올해에는 4월 1일부터 채취를 할 수 있다고 하네요. 이번에는 10킬로그램을 주문했습니다. 나물 1킬로그램은 얼마나 될까 통 감이 오지 않아 처음에는 30킬로그램을 주문했습니다. 커다란 택배 상자를 보고 기함했습니다. 일일이 씻고 다듬어 간장을 끓이고 장아찌를 담그느라 새벽까지 했었지요. 오는 동안 시간이 걸린 터라 하룻밤만 지나도 잎 일부는 누레지거든요.

사실은 10킬로그램도 우리만 먹기엔 좀 많습니다. 그래도 이런 일은 왠지 조금 담그면 재미가 없지요. 맛도 그렇고요. 여럿이 먹는 밥이 맛있는 것처럼. 이젠 그럴 일이 점점 줄어들지요. 식구도 단출하고 사람들을 집에 초대해서 밥상을 차리는 일도 드물고요.

책방을 하다 보니 가끔 여럿이 밥을 먹을 때가 있습니다. 바비큐를 해서 둘러앉아 먹으면 정말 좋지요. 이렇게 살기 전에도 사람들을 초대해서 밥 먹는 걸 좋아했습니다. 근사한 밥상이 아니어도 함께 먹는다는 것만으로도 즐거운 일이니까요. 도시에 살 때부터 명이나물을 잔뜩 담갔던 이유이기도 하고요.

이제 곧 쌈 채소를 심고 여름 장마가 오기 전까지 그것들을 매일 밥상에 올리겠지요. 쌈 채소가 한창일 때는 책방에 오는 이들에게도 한 줌씩 들려줍니다. 먹을 만큼 심었다 해도 매일 자라는 속도를 따라갈 수가 없거든요. 나눌 밖에요.

저만 나누는 게 아닙니다. 오늘 아침 커피를 뽑아 이웃집에 갖고 갔더니 대파를 뽑아주셨습니다. 며칠 전 다른 이웃은 쪽파를 잔뜩 갖다 주셔서 쪽파김치 한 통을 담갔지요. 겨울을 이기고 나온 것들이니 그것 역시 약이지요. 우리가 흔히 먹는 하우스 재배한 것과는 비교할 수 없는 맛이고요.

시골 인심은 이렇게 나누는 데 있지요. 값으로 따지면 얼마 되지 않지만 서로 나누다 보면 서로 고마운 마음이 들 수밖에 없고요. 오래 살지 않아 아직 속내를 터놓고 지내는 이웃은 없지만 그래도 얼굴 보고 이렇게 저렇게 먹을 걸 나누는 동안 정이 듭니다.

정을 나누는 이웃이 있다는 것만으로도 따뜻하지요. 혼자는 아무래도 외로우니까요. 그 누구도 혼자 살아갈 수 없습니다. 사람 때문에 상처받지만 그 상처를 치유하는 것도 사람입니다. 각자 살다 각자 죽어야 하는 세상이지만 사는 동안 함께, 좋게 살아야겠지요.

이 화사한 봄날, 누군가를 초대해서 밥상을 차려보시겠어요? 식탁에 꽃가지도 늘어뜨리고요. 움츠렸던 몸을 쭉 펴고. 봄이니까요.

|11|

아픈 후에야 멈추는

　오늘 아침에는 오가피순을 좀 땄습니다. 오가피나무가 마당 한쪽에 몇 그루 있거든요. 똑똑, 순 따는 일이 아주 재밌습니다. 끓는 물에 데쳐서 된장이나 초장에 무쳐 먹으면 맛있답니다. 바로 먹기도 하지만 장아찌를 담그기도 하지요.

　이웃집에 오가피나무 밭이 있었습니다. 오가피순 따러 오세요, 라고 하면 냉큼 큰 바구니 들고 뛰어가 따곤 했지요. 장아찌를 담가 이 사람도 주고 저 사람도 주곤 했습니다. 한 바구니 가득 따려면 한 시간 남짓 걸리는데, 햇살에 얼굴이 붉어지고 봄인데도 땀이 나지요. 오가피순을 따는 일이 즐거워 바구니 가득 채우도록 힘든 줄 모릅니다.

이후의 일은 조금 지난합니다. 물을 끓여 오가피순을 데친 후 정리하는 게 좀 일입니다. 길쭉한 오가피순을 가지런하게 놓고 장아찌 간장을 끓여 붓는데, 오가피순을 하나씩 집어 정리하는 데 시간이 아주 오래 걸립니다. 그냥 뒤죽박죽으로 하면 편하겠지만 나중에 먹기 좋으려면 정리해야지요. 허리도 아프고, 다리도 아프고. 그럴 때마다 고개를 들어 연둣빛으로 빛나는 나뭇잎들을 보기도 하고, 가만히 눈을 감고 바람 소리를 듣곤 합니다.

올해는 이웃이 오가피 밭을 밀어버렸습니다. 우리 집 오가피나무 몇 그루에서 딴 것만을 하니 손쉽긴 합니다. 품과 시간이 덜 드니 편하지요. 그런데 왠지 서운한 마음이 듭니다. 이웃이 제게 나눈 것을 저도 사람들과 나누면서 누리는 그 즐거움이 없어졌으니까요.

봄이 되니 밖에 있는 시간이 많네요. 책상에 앉아서 해야 할 일을 제쳐두고 자꾸 밖으로 돕니다. 안에서 하는 일은 때때로 머리가 뻐근합니다. 그러나 밖에서 하는 일은 몸은 힘들어도 머리는 아프지 않지요. 오히려 아픈 머리를 식힙니다.

시골에서 책방을 하면서 지내는데 뭐가 그리 머리 아픈 일이 있을까 싶지요? 그런데 사는 일이잖아요. 매일 좋을 수 없지요. 지난해부터 몸이 안 좋았습니다. 가까운 이가 제게 번아웃이라고 하더군요. 번아웃이라니? 저는 되물었습니다. 시골에서 책방을 하는데 번아웃이라니, 너무 어울리지 않는 말이지요.

그 말을 듣고 한참 지난 후에야 비로소 공감했습니다. 그동안 책방에서 작가 초대, 콘서트 같은 이런저런 일을 벌였지요. 그러면서 책도 만들고, 책방축제 등 이런저런 행사도 크게 벌였습니다. 얼마나 재밌고 설렜는지 모릅니다. 흥분해서 잠을 이루지 못한 날도 많았지요.

그런데 언제부턴가 몸이 따르지 않았습니다. 온몸에서 기가 빠진 느낌이었고, 힘들었습니다. 몸이 나빠지니 마음도 약해졌습니다. 함께 일했던 사람들에게 서운한 마음이 들기도 했고, 실망도 했지요. 그런 마음을 갖는 것이 싫었습니다. 찾아보니 전형적인 번아웃 증상이었습니다.

번아웃이란 걸 알았으니 이젠 해결하면 되겠다 싶었는데 그게 쉽지 않았지요. 번아웃이라는 것을 알아차리기 전 몸의 회복을 위해 한약을 먹고 있던 참이었습니다. 한약을 먹으면서 몸이 조금씩 회복되는 기미가 보였습니다. 가장 심했던 소화 장애가 해결됐습니다. (그리고 보니 소화 장애와 불면증까지 있었네요!) 먹는 것이 편안해지니 비록 몸에 기운은 없었지만 몸이 나아지고 있다는 것을 느낄 수 있었습니다.

멈추지 않으면 안 된다는 것을 다시 한번 깨달았습니다. 사실은 이보다 더 젊은 시절, 회사에 다니며 일할 때보다 더 달리기도 했습니다. 그걸 알면서도 할 수 있다고 생각했지요. 괜찮다고 믿었습니다. 좋아서 하는 일인데 뭘, 했지요.

50대 초반, 아들 학교 운동회 때 학부모 달리기에 나섰던 적이 있습니다. 젊은 엄마들이 제가 꾸준히 운동한다는 것을 알고는 저를 부추겼습니다. 달리기쯤이야, 생각하고 다른 사람 운동화를 빌려 신고 나갔지요. 결과는 참혹했습니다. 그야말로 마음만 달리고 있었습니다. 분명 나는 달리고 있으니 몸이 앞으로 나아가 저만치 가고 있어야 하는데 그렇지 못했지요. 그 엇박자 덕에 결국 넘어지기까지 했습니다.

멈추고 나를 들여다보아야 하는데 그렇지 못한 것이지요. 일 모드인 것을 미처 파악하지 못한 것도 있습니다. 좋아서 하는 일이니까, 때로는 돈벌이와 무관한 일이니까 괜찮다고 생각했던 것입니다. 따지고 보면 그것들 역시 욕망에서 비롯된 것들인데도 말입니다.

아픈 후에야 몸을 멈추었습니다. 예전보다 일을 덜 벌이고, 할 수 있는 만큼만 합니다. 봄이 되어 바람 소리를 들으며 마을을 걷습니다. 햇살을 받으며 풀을 뽑습니다. 오지 않은 일들을 생각하면 기쁨보다 불안이 앞서는 법. 지금 현재를 보고자 생각을 다잡습니다. 나의 숨소리에 집중하고자 합니다. 그래도, 사는 일은 뭔가 있을 수밖에 없지만 그렇게 덜어낸 마음으로 뭔가를 하려고 합니다.

그래도 책 읽는 즐거움이 아직 생생해서 참 다행이다 싶습니다. 힘든 상태에서 나를 챙기도록 도움을 준 것은 책이니까요. 무엇보다 책 속에 빠져 있는 동안 좋고요. 최근 마음을 따뜻하게 했던 책 중 하나가 막상스 페르민의 『꿀벌 키우는 사람』입니다. 지금, 이곳이 가장 소중한 것이라는 것을 새삼 깨닫게 해준 책이기도 하고요.

점심때 데친 오가피순을 초장으로 무쳐 먹었습니다. 쌉쌀한 맛이 오히려 달았습니다. 해가 지면 저녁에는 풀을 좀 뽑아야겠습니다. 몸을 살리는 게 마음을 살리는 일. 몸을 돌보며 사는 봄날이 되시길 바랍니다. 이곳의 봄을 함께 동봉합니다.

3부

1

지금 계절에 맞는 힘으로

비가 많은 5월입니다. 어린이날도 비가 왔고, 부처님오신날과 함께 이어진 황금 연휴도 비가 왔지요. 일부에서는 올여름에는 비가 많이 올 것이라고 예상하기도 합니다. 기후변화는 자연스러운 것이기는 하지만, 현대사회에서의 기후변화는 환경파괴에 따른 인위적인 것들이어서 큰 우려를 낳고 있지요.

시골살이하는 저는 비가 오면 조금 좋습니다. 사방의 나무들은 더욱 진한 초록으로 변하는데 낙숫물 소리를 들으며 가만히 앉아 있다 보면 제 몸이 초록으로 물드는 것 같기도 하거든요.

사실은 비 올 때도 좋지만 비가 막 오기 시작했을 때, 빗방울이 투두둑 마른 땅에 떨어질 때 사방으로 번지는 흙냄새가 참 좋습니다. 비가 오는 중에도, 비가 온 후에도 그 젖은 흙냄새를 맡으며 마당을 어슬렁댑니다.

젖은 흙냄새와 낙숫물 소리를 싫어하는 사람이 있을까 싶네요. 다만 도시에 살면서 냄새와 소리를 맡고 들을 환경과 겨를이 없는 탓이겠지요. 저도 아주 오랫동안 그 냄새와 소리를 잊고 살았고요.

영국의 고고학자이자 역사가인 닐 올리버는 『잠자는 죽음을 깨워 길을 물었다』에서 우리가 젖은 흙냄새를 좋아하는 것은 인간이 물 없이 살 수 없는 동물이기 때문이라고 합니다. 조금 인용하겠습니다.

유기물이 분해될 때 지오스민이라는 자연 알코올이 생성된다. 지오스민은 흙에서 만들어지는 다른 식물성 기름과 결합하여 우리가 좋아하는 '촉촉한 흙냄새'를 만들어낸다.

인간은 물 없이 살 수 없는 동물이므로, 가뭄 뒤에 찾아오는 비에 특별히 민감할 수밖에 없다. 그래서 우리는 1조 개의 공기 분자 가운데 지오스민 입자가 몇 개만 섞여 있어도 그 냄새를 탐지해낼 수 있다. 이것이 인간이 비 냄새를 맡는 원리다. 물론 빗물 자체는 영향이 없지만, 흙에서부터 뿜어져 나와 공기 중에 부유하는 비 냄새는 우리를 들뜨게 한다. 도시와 실내에서 주로 생활하는 현대인은 주는 거 없이 받기만 하려는 심보로 자연의 자원을 이용하려 든다. 현대인은 자연과 동물의 세계에서 더 멀어지는 것을 진보라고 여기는 듯하다. 그러나 우리가 다가오는 비 냄새를 맡을 수 있다는 사실, 그리고 그것을 좋아한다는 사실은 우리가 땅과 흙에 긴밀히 연결된 존재라는 것을 말해준다.
134~135쪽에서

책방과 연결된 마당 한쪽에 작은 공간이 있습니다. 2면이 유리로 되어 있어 한없이 앉아 있기 좋은 공간입니다. 비가 많이 오는 날, 그곳에 오래 앉아 있다 갑자기 빗소리가 크게 느껴졌습니다. 지붕이 PVC 재질이다 보니 소리가 아주 요란했지요. 그 소리를 듣는 순간 아주 어렸을 때 생각이 났습니다.

아직 초등학교도 들어가기 전, 밤새 방안에 가득했던 빗소리. 아직 젊은 부모가 비가 온다고 걱정하던 목소리 같은 것이 스쳤습니다. 그리고 그 집에서의 생활이 단편적으로 떠올랐습니다. 부모는 서울에 살고, 저와 동생은 시골 할머니 댁에 살았던 시절. 잠깐 부모는 저를 서울 집으로 데리고 왔었지요. 지붕에 떨어지는 그 소리가 그동안 까마득히 잊고 있었던 시절로 저를 잠깐 데려다 놓았습니다.

그때를 지나 여러 시절을 보내고 지금을 살고 있습니다. 지나간 시절을 생각하면 때때로 아득합니다. 어떤 힘으로 살았을까 싶은 시절도 있어서 다시 그때로 돌아가라 한다면 고개를 내젓습니다. 살아야 하는 일이라서 또 살아야 한다면, 머릿속에 아무것도 기억이 남지 않은 상태로 또 살아야 한다면 살겠지요.

소설가 권여선은 『각각의 계절』을 통해 말합니다. '각각의 시절에 맞는 각각의 힘들, 다양한 여러 힘들이 필요한 것 같다'고. 이 말에 깊이 공감합니다. 각각의 시절에 쓰는 힘이 있지요. 청년기의 힘을 지금 쓸 수 없고, 지금 힘으로 청년기를 살 수는 없겠지요.

다시 권여선은 말합니다. 봄엔 쟁기질하는 힘, 여름에는 더위를 무릅쓰고 가꾸는 힘, 가을에는 수확하는 힘, 겨울에는 버티는 힘 등이 필요해서 인간이 자연의 흐름을 분절해 각각의 계절로 다르게 네이밍하게 되지 않았나 하는 생각도 든다고. 이 말은 작가가 소설 속이 아닌, 소설 밖에서 한 말입니다. 소설에서는 한 마디뿐입니다. '각각의 계절을 나려면 각각의 힘이 들지요, 사모님.'(소설 <하늘 높이 아름답게> 중에서)

소설을 읽을 때마다 생각합니다. 이 소소한 이야기들이 어떤 힘이 있을까. 소설은 거창한 것을 이야기하지 않지요. 그러나 소소한 일상이 모여 인생을 이루고, 우리 삶을 이루는 것처럼 소설은 소소한 이야기를 통해 삶을 생각하게 합니다.

지금 나의 계절에 맞는 힘을 쓰고 있나 돌아봅니다. 지금 쓰는 힘을 세월이 지나 다른 계절에 쓸 수 없을 테니 지금 나의 계절에 맞는 힘을 써야지 생각합니다. 그러나 또 생각한다고, 이렇게 해야겠다고 맘먹는다고 그것이 쓸 일인가 싶습니다. 어차피 지금을 살아내느라 쓰는 힘이 곧 지금 나의 계절에 맞는 힘이겠지요.

지금 저는 아등바등하는 계절을 지나 스윽 내려놓는 일이 많은 때를 지납니다. 아등바등했던 것은 어떻게 해서든 그것을 내 것으로 만들어야겠다는, 그래서 인정받겠다는 욕구 때문이지요. 내 삶을 넘어 가족도 그 안으로 집어넣기도 하고요. 지난 시절에는 그렇게 해야 하는 줄 알았지요. 그때의 힘이 그렇게 저를 끌고 간 것이기도 하고요. 그 힘으로 지금도 살아간다면, 생각하는 것만으로도 숨이 차네요.

물론 시골 책방에서의 생활이 한가로운 것만은 아닙니다. 그래도 빗소리를 듣고, 젖은 흙냄새를 맡고, 익어가는 보리를 바라보고, 마을을 산책합니다. 더는 새로울 것 없는 풍경으로 들어가 낯선 나를 봅니다. 그렇게 오늘을 살아갑니다.

지금 계절에 맞는 힘으로 책방에서의 한 시절을 보냅니다.

| 2 |

나의 결을 따라 돌아누워요

장마가 시작되었다고 합니다. 비가 오다 잠깐 개었다 다시 쏟아지는 날들이네요.

우기에 평안하신지요.

저는 폭우가 쏟아지면 조금 불안합니다. 도시에 살 때와 달리 시골에서는 비가 새는 곳은 어디 없나, 비바람에 날아갈 것은 없나 둘러보게 되거든요. 몇 년 전 여러 날 계속되는 비에 결국 흙벽이 무너지는 사태를 겪은 후에는 더욱 그렇지요. 아파트 같은 공동주택 생활이 얼마나 편안한지 이렇게 비가 올 때면 저절로 생각합니다. 그래도 지금 이곳이 좋습니다. 사람은 저마다 환경에 적응하기 나름이어서 이 정도 불편한 것쯤은 또 괜찮고요.

비를 뚫고 책방에 오는 사람들이 있습니다. 누군가는 일부러 비가 와서 온다고도 합니다. 비가 오면, 또 은근히 이곳이 좋거든요. 빗소리를 온전히 들을 수 있는 흔치 않은 공간이기 때문이지요.

며칠 전 잠깐 비 그친 사이 동네 어른이 오셨습니다. 한두 달에 한 번씩 들러 책을 사고, 커피 한 잔 드시면서 읽다 가는 분이지요. 그분이 읽는 책은 다양합니다. 인문서와 과학, 종교 등을 넘나듭니다. 전 가만 그분의 입장이 되어 생각해봅니다.

퇴직 후 도시를 떠나 농촌에 집을 짓고 이사 왔는데 이 시골 마을에 웬 책방이라고 하는 곳이 있다, 그곳에 가보니 눈에 띄는 책들이 있고, 책방 주인과 슬쩍 한두 마디 나누다 보면 뭔지 통하는 기분도 든다, 커피 맛도 제법 괜찮다, 마당 앞뒤로 펼쳐진 숲 풍경도 장관이다…….

책방 자랑을 좀 했습니다. 제가 책방을 차리지 않고 살았다면 아마도 그분처럼 살고 있지 않을까 싶어서요.

혼자는 누구나 고독합니다. 나이들면서 혼자 지내는 시간이 많아질 수밖에 없습니다. 젊은 시절이야 일을 핑계로 만나는 사람도 많고 밥 먹을 일, 술 마실 일도 많지요. 일을 그만 두고 나면 그런 모든 것들이 한꺼번에 끊깁니다. 사람 사는 세상이란 때로는 그렇게 야박해서 무섭게 울려대던 전화가 고장 났나 싶을 정도지요.

일부러 끊지 않아도 관계란 그렇게 끝납니다. 일한다는 것은 단순한 돈벌이를 넘어서는데, 그것은 관계에도 있습니다. 일 때문에 맺은 관계는 일이 끝나면 끝나게 마련이지요. 더는 서로 할 말이 없으니까요. 누군가의 잘못이 아닌, 마치 물이 흐르는 것과 같지요.

남은 시간을 어떻게 보내는가, 그것이 밥벌이를 끝낸 이들의 과제입니다. 더는 밥벌이를 하지 않아도 연금 등으로 생활할 수 있다고 할지라도 어떤 날들을 보낼 것인가 생각하지 않을 수 없지요.

책방에서 하는 독서 모임에는 정년퇴직 후 찾아온 분이 있습니다. 무엇을 하면서 시간을 보낼까 궁리하던 중 책을 읽어야겠다 맘먹었다는 그분은 그동안 책과 동떨어진 채 살았습니다. 누구나 그렇지요. 출퇴근을 수십 년 하다 보니 어느새 퇴직하는 나이. 내가 좋아하는 게 무엇이었는지 잘 생각나지 않지요.

그냥 쉬기에는 아직 젊은 나이. 다행히 마땅한 일을 찾지 않아도 되는 경제력. 그는 여행도 하고, 걷기도 합니다. 그러면서 매주 한 권의 책을 읽고 독서 모임에 옵니다. 어느 날 그분이 말씀하셨습니다.

처음에는 책을 건성으로 읽었다. 말도 잘 못 하는데 책도 깊이 있게 읽는 것이 아니다 보니 더 말을 하지 못했다. 그런데 독서 모임에 오고 싶다. 여행을 떠나서도 이곳이 생각나고, 사람들이 생각났다. 나에게 맞는 것이 무엇인지 모르고 살았는데 이제야 알았다. 그동안 나는 그냥 사느라 살았을 뿐이다. 내가 뭘 좋아하는지, 내게 맞는 것이 무엇인지 모른 채 그냥 사느라 바빴다. 독서 모임은 나를 찾아가는 과정이다. 그래서 이 모임이 소중하다. 주변에서는 말한다. 네가 언제부터 책을 읽었다고 독서 모임을 나가느냐, 인제 와서 책 좀 읽는다고 뭐가 달라지냐, 책을 뭐 굳이 모임에까지 나가면서 읽느냐. 다 맞는 말이다. 다른 모임은 내게 큰 의미가 없다. 독서 모임이 지금의 내겐 가장 좋다. 이젠 책도 열심히, 깊게 읽으려고 한다. 이런 독서 모임을 만날 수 있어서 참 다행스럽다.

나에게 맞는 것이 무엇인지 모른 채 살아온 수십 년의 세월. 물론 그는 직장생활도 잘했겠지요. 성실한 가장 역할을 다하고요. 이젠 그 짐을 조금 내려놓고 스스로 자신의 모습을 찾아가는 그에게 독서 모임은 꽤 유의미한 것이지요.

책방에서 신경숙 작가와 함께한 소설 『작별 곁에서』 낭독회에서 누군가 이런 말을 했었습니다. 나와 결이 같은 사람들과 함께 있는 것만으로도 가슴이 떨리고 좋다고. 작가를 만나러 오는 자리지만, 결국 자기를 만나는 자리. 책을 읽고 소감을 말하는 자리지만 그것 역시 자신을 만나는 자리. 각자 자신을 만나는 사람들을 바라보는 자리. 그렇게 같은 결을 가진 사람들의 숨소리를 듣는 자리.

그런 곳에서는 왠지 마음이 놓입니다. 안전하다는 생각이 듭니다. 조금 부족한 나도 조금 편협한 나도, 서로 부족한 대로 편협한 대로 만납니다.

신경숙 작가 낭송회 때 어떤 사람이 손을 들고 앞으로 나와 낭송 전에 말했습니다. 사람들 앞에 절대 나서는 사람이 아니다. 그러나 용기를 내고 싶었다. 그리고는 떨리는 목소리로 소설의 한 대목을 낭송했습니다. 우리는 모두 숨죽여 그가 읽는 신경숙 작가의 문장을 들었습니다. 그가 떨리는 만큼 제 마음도 흔들렸습니다. 그 떨림의 순간들이 빚어낸 감동은 지금도 영롱합니다. 그런 순간들로 또 하루를 살아가는 것이지요. 저뿐만 아니라 그 자리에 함께 있었던 이들 모두는.

많은 사람이 자신의 결을 드러내지 않고 살아갑니다. 사는 일이란 경제활동이 우선이고, 그것으로 뭔가 순위도 매겨지는 세상이니까요. 나의 결을 알고, 그 결을 따라 조금 몸을 틀어 보는 것도 좋지 싶어요. 그것이 내 숨소리를 듣는 일일 테니까요.

3

제 몫을 다하고 피고 지는 들꽃처럼

어휴, 이렇게 덥다니.

한 친구가 대뜸 문자를 보내자 저도 답을 보냈습니다.

그러게, 이렇게 덥다니.

이렇게 덥다니, 그 말밖에 할 수 없네요.

이 불볕더위에 평안하신지요.

책방에서는 에어컨을 켜놓을 수밖에 없는데요, 사실 대부분 혼자 있다 보니 조금 서늘하기까지 합니다. 그러다 문밖으로 나가면 열기가 훅 끼칩니다. 비로소 실감이 나지요. 이렇게 덥다니. 문안과 문밖은 이렇게 다르구나. 그러다 문득 이불더위에도 문밖에서 일하는 이들. 그들은 불더위뿐만 아니라 동장군이 기승을 부릴 때도 일을 하지요.

2023년 6월 코스트코에서 카트 수거를 하던 청년이 사망한 일이 있었습니다. 야외 주차장에서 수십 개의 카트를 밀고 다니다 끝내 쓰러졌는데요, 그가 하루에 걸은 거리가 3만6천 보였다고 합니다. 오랫동안 코스트코를 이용했던 터라 그들이 어떻게 일을 하는지 겉모습은 봤지만, 그토록 많이 걸으며 힘들게 일하리라고는 미처 생각하지 못했습니다. 제 볼일만 보기 바빴으니까요.

사람이 늙어 죽는 일은 당연합니다. 그래도 그 죽음 앞에서 망연합니다. 하물며 이런 뜻밖의 죽음 앞에서는 어떻게 말할 수 없지요. 지금 우리 사회만 해도 죽음이란 게 도처에 있지요. 그렇게 생각하니 늙어 죽는다는 것이 축복인 것을 새삼 생각하게 됩니다.

며칠 전 스포츠센터 목욕탕에서 할머니 한 분이 쓰러지셨습니다. 넘어져서 이마와 다리 등에서 피가 흘렀는데, 의식이 없으셔서 심폐소생술을 했습니다. 쓰러졌다, 누군가 소리쳤고 바로 사람들이 달려들었는데도 입술이 금세 검붉어졌습니다.

심폐소생술을 한참 하자 검붉었던 입술이 회복됐고, 숨도 가늘게 돌아왔습니다만 의식은 돌아오지 않았습니다. 뒤늦게 응급대원이 왔는데 바로 이송하지 않고 한참 심폐소생술을 하더군요. 이후 들것에 실려 병원으로 가셨는데, 뒤에 들으니 병원에 도착해서 돌아가셨다고 했습니다.

그 모습을 가까이에서 지켜본 후 며칠 동안 마음이 좋지 않았습니다. 할머니가 쓰러진 그 자리를 지날 때마다 생각이 나고요. 누군가는 말하더군요. 그렇게 돌아가신 것도 복이라고. 80세이니 앞으로 병원 신세지지 않을 수 없을 수 없을 테고, 그러니 병원에 누워 죽음을 기다리는 것보다 낫다는 말이겠지요.

그렇지요, 그렇지요. 고개를 끄덕이면서도 그 황망한 죽음 앞에서 그분이나 가족들에게는 조금 서운한 말일 수도 있겠다 싶은 생각이 들었어요. 무엇이 옳은 것일까, 싶지요.

제 꿈은 신간 읽는 책방 할머니라는 것은 아시지요? 그 꿈을 이루려면 건강 관리를 잘해야겠다 맘먹지만, 건강 관리만 잘한다고 될까 싶어요. 나이든 이들이야 차치하고라도 젊은 이들, 아이들이 대책 없이 죽는 일은 없어야 하는데 말이지요. 삶이란 안전하지 않지만 안전한 사회는, 안전한 사회는 함께 만들어야 하지 않을까 생각합니다.

이 땡볕에도 마당에는 꽃들이 피어 있습니다. 지금은 비비추 꽃과 원추리 꽃이 한창입니다. 비비추 꽃 옆으로 이제 벌개미취가 꽃을 피우기 시작했는데, 보라색 비비추와 벌개미취 꽃들이 무더기로 피어 있는 모습은 봐도 봐도 질리지 않습니다. 질리기는커녕 아침에 볼 때 다르고, 저녁 때 볼 때 달라 들여다보고 또 들여다보지요.

저 가녀린 꽃들이 이 혹서에도 지치지 않고 허리를 꼿꼿하게 펴고 피어 있는 모습을 보면 참 대견합니다. 자기 삶을 살아간다는 것은 바로 저런 것이 아니겠는가 생각합니다. 잠깐 피었다 지더라도 태어난 제 몫을 다하는 순간은 얼마나 아름다운가 싶고요.

이 더위도 며칠 있으면 금세 지납니다. 꽃의 순간처럼. 그리고 다시 겨울이 오고, 꽃이 피고. 그러는 동안 누군가는 죽고, 누군가는 태어나겠지요. 그동안 살아있는 우리는 땅에 두 발을 굳건하게 딛고 피어나요. 나 스스로 뽐내면서, 나 스스로 챙기면서. 우리 모두 이생을 건너는 동안 아름답게 늙어가요.

4

한 달에 한 번 보름달을 보고 살아요

모기도 처서가 지나면 입이 비뚤어진다지요? 처서가 지나
니 아침저녁 바람이 달라졌어요. 한낮 햇볕이 뜨겁긴 해도 한
여름 불볕더위와는 다른 정도의 더위. 조금 가볍다고나 할까
요. 며칠 전에 김장 배추 모종을 심고 무와 쪽파 등을 조금
심었는데 그새 모종은 빳빳하게 몸을 가누고 섰고, 쪽파도
삐죽, 무도 삐죽 다 고개를 내밀었어요. 오늘 아침 그것들을
둘러보며 참 신기하네, 신기하네, 중얼거렸지요.

모종이 자라는 것도 신기하지만 씨앗을 뿌려 그것이 싹을
내밀고 자라는 모습을 보는 것은 경이로워요. 텃밭을 가꾸기
전까지 그것들은 그냥 마트에서, 혹은 화원에서 보는 완성품

이었습니다. 잘 다듬어 포장된 것을 사다 해 먹으면서도 밥을 해 먹는다고 요란을 떨었고요.

가장 신기한 것 중 하나가 무예요. 붉은색 무 씨앗 두세 개를 구멍에 넣지요. 그러면 며칠 후 거기에서 싹이 나요. 싹이 조금 자라기를 기다렸다 한 개만 남겨두고 솎아내지요. 그래야 남은 한 개가 잘 자란답니다. 솎아낸 무순은 고추장과 들기름을 넣고 쓱쓱 비빔밥을 만들어 먹는답니다.

그러다 얼마 지나면 어느새 땅을 뚫고 허연 몸통이 쑥 올라와 있어요. 그 모습은 정말 신기해요. 어떻게 작은 씨앗이 저렇게 금세 자랄까. 며칠 지나 중간쯤 자란 무를 조금 뽑아 반으로 쪼개고 무청까지 섞어 김치를 담급니다. 음, 얼마나 맛이 시원하고 좋은지. 그렇게 두 번 정도 김치를 담그고 나면 김장할 때가 됩니다. 그때쯤에는 무가 정말 멋지게 자라 있는데요, 쑥쑥 뽑히는 무를 뽑을 때의 쾌감도 이루 말할 수 없이 좋아요.

시래기도 말리고 무는 바로 잘라 물로 쓱 헹구면 뽀얀 것이 얼마나 예쁜지 모릅니다. 김칫소로 쓸 것은 채 썰고 깍두기용, 섞박지용 각각 썰지요. 그러면서 한 개씩 집어 먹고. 달고 시원한 맛이 아주 좋습니다. 동치미용도 따로 챙깁니다.

동치미용 무는 조금 작은 것으로 골라요. 그래야 꺼내 먹기 편하니까요.

일부는 저장용으로 좀 남깁니다. 무청은 바짝 비틀어서 잘라내고 뿌리는 그대로 둡니다. 그래야 바람이 들지 않는다네요. 이 무로 겨우내 소고기뭇국도 끓이고, 생선조림도 하고, 탕도 끓이고 하지요. 보통은 이듬해 봄까지 먹는데, 올해는 여름까지 먹었습니다.

첫해에는 무가 많아 땅에 묻어보기도 했어요. 옛날에는 그렇게 묻어두고 꺼내 먹었다고 하니 한번 해보자 싶었지요. 물론 제가 삽질한 것은 아니지만, 땅 파는 일도 좀 힘든 일이더군요. 그런데 한겨울에는 땅이 얼었으니 꺼내 먹지도 못했지요. 날 풀리는 봄날 꺼내야 하는데 꺼내 먹는 것도 일이었습니다. 그리고 무엇보다 우리 두 식구 먹는데 땅에 묻을 만큼 많이 먹을 일이 없고. 사실 지난겨울 무를 보관했다고 해도 사실은 열 개도 안 되거든요.

사는 게 참 많이 변했어요. 불과 몇십 년 사이에요. 요즘은 김장도 잘 안 하지요. 저도 사실은 이렇게 시골에 살면서 처음 김장을 하기 시작했습니다. 전에는 시부모님께서 해주신 걸 꼬박꼬박 받아먹었지요. 그런데 김장을 참 하고 싶었어요.

넉넉하게 해서 나누고 싶었고요.

이렇게 살면서 김장을 좀 합니다. 배추는 보통 8, 90포기를 해요. 배추 모종 한 판이 100개라서 그걸 다 심는데, 키우다 보면 몇 개가 죽어요. 몇 개는 다 자라기 전에 겉절이도 좀 해 먹고 몇 사람 나눠주죠.

우리가 그 김치를 다 먹을 리 만무합니다. 그런데 배추가 아까워서 그냥 다 합니다. 고춧가루며 마늘 같은 양념값도 많이 들어가고, 품도 많이 들어가지요. 배추를 뽑고 절이고 버무리기까지 보통 4일을 잡아서 합니다. 배추김치만 담그는 것도 아니지요. 깍두기를 비롯해 동치미와 밭 한쪽에 뿌린 돌산 갓이며 순무, 쪽파, 총각무 등도 뽑아서 담급니다.

그래서 일 끝나고 말하지요. 내년에는 우리 먹을 것만 심고 담가야지. 올해는 모르겠네요. 올해도 배추 모종 100개를 심었는데 저걸 다 김치를 담글지 어떨지. 그렇다고 잘 자란, 맛있는 배추를 버릴 수도 없고.

우습지요? 그래도 이렇게 살아갈 수 있는 날이 얼마나 될까 싶어요. 할 수 있을 때 해야지요. 언젠가는 우리 먹을 것도 하지 못할 때가 올 테니까요. 늙어가는 일은 누구에게나 오는 일이고, 병 들어 늙지도 못한 채 갈 수도 있으니까요. 사는 일은 그 어떤 것도 알지 못한 채 더듬거리며 한 발 한 발 나아가는 것이 아닌가 싶어요.

며칠 전에는 남편과 우리가 언제까지 할 수 있을까, 하는 이야기를 나누었어요. 저는 주로 책방 일을 하면서 읽고 쓰는 일만 하는 편입니다. 가끔 정원의 풀을 뽑고 가지를 치는 정도지요. 거의 모든 정원과 텃밭 가꾸기는 남편 몫입니다. 한여름에는 일주일만 가꾸지 않아도 무성한 풀밭이 되는 게 시골살이죠. 그러니 매일 일합니다. 물론 이렇게 살고 싶어서 도시에서 들어왔으니 힘들다 하지 않고 즐겁게 일하지요.

한 10년? 남편이 그렇게 말할 때 저도 고개를 끄덕였습니다. 그래도 속으로는 한 15년, 생각했지요. 그때까지 저는 책방 할머니로 있을 수 있을까. 아프지 않으면 가능하겠다 싶은데 욕심일까요?

일본의 음악가 류이치 사카모토는 병상에서 말했지요.

'나는 앞으로 몇 번의 보름달을 볼 수 있을까?'

저는, 당신은 몇 번의 보름달을 볼 수 있을까요. 한 달에 한 번 뜨는 보름달이니 시한부 삶이 아니라면 그걸 세는 것은 참으로 의미 없는 일입니다. 그런데 그렇게 매달 뜨는 보름달을 한 달에 한 번은 올려다볼까요?

이곳에서는 가끔 밤하늘을 봅니다. 오늘 같은 맑은 늦여름 하늘도 봅니다. 매일 같지만 다른 오늘, 뭔가 쓱쓱 해내면서 사는 것 같지만 저 삶의 끝까지 더듬더듬 찾아가는 길. 그 끝에서 저는 과연 무엇을 볼 수 있을까. 끝내 알지 못한 채 몸은 사라지겠지요. 그러니 오늘이, 씨앗이 자라는 모습을 보는 오늘이 소중하지요.

오늘 하루가 소중하시길, 순간이 충만하시길 바랍니다.

오늘의 하늘도 올려다보면서요.

⌂5

심심한 시간을 즐기며

어젯밤부터 내린 비가 아침에 일어나니 여전하네요. 바람도 심해 마당의 들깨가 모두 쓰러졌습니다. 아직 영글지 못한 들깨가 비바람에 떨어질까 걱정하다 농사가 업인 사람들을 생각했습니다. 저야 먹어도 그만 안 먹어도 그만이지만, 농사로 먹고사는 사람들은 그게 아니지요. 햇빛과 비가 적당해야 농사도 적당히 잘 된다는 것을 새삼 깨닫습니다. 컴퓨터 앞에서 하는 일이 최고라고 생각하고, 마트에서 깔끔하게 포장된 농산물을 사던 때는 미처 생각 못한 일입니다.

지난달에는 유독 행사가 좀 많았습니다. 클래식 음악회를 하고, 시인 안도현과 소설가 윤성희 초대, 에세이 창작 수업을 하는 이들의 책 『쓰는 사람으로 살고 싶어서』 출판기념회 등이 있었습니다. 어떤 일인가는 하고 나면 스스로 소진되는 듯하고 이 일을 내가 왜 하지, 하는 순간이 있지요.

직장에 다니면서 밥벌이를 할 때와 달리 책방에서의 일은 그런 느낌이 덜하긴 합니다. 하고 싶어서 하는 일이 많으니까요. 특히 안도현 시인과 윤성희 소설가를 초대했을 때는 그 감동의 폭이 달랐습니다. 듣고 나서도 오래 그 감동이 남았지요. 두 사람 모두 대학에서 학생들을 가르치고 있어서 그런지 단순한 작품 이야기를 넘어선 순도 높은 강의였습니다. 물론 두 사람 모두 문학적 성과도 높은 시인이자 소설가이기도 하고요. 그들의 이야기를 들으면서 문창과 강의실로 다시 가고 싶은 욕구가 확 일었답니다.

손주를 본 할아버지인데도 소년 같은 안도현 시인과 대학 교수인데도 학생 같은 윤성희 작가의 얼굴이 지금도 눈에 선합니다. 그런 좋은 시인과 소설가가 책방에서 강의를 했다는 사실만으로도 왠지 제 어깨가 으쓱해지기까지 합니다. 책방해서 참 잘했다 싶은 순간이기도 했고요. 물론 이곳까지 와준 작가와 시인, 독자들 덕분이지요.

그동안 책방에서 많은 행사를 치렀습니다. 작가 초대는

물론, 음악회며 벼룩시장 등 이런저런 일을 벌였지요. 공간이 있으니 사람들과 놀 구실을 찾는 것이지요. 놀지 못해 안달하는 사람 같지만, 저도 혼자 노는 걸 꽤 즐기는 사람입니다.

혼자는 편합니다. 영화도 혼자 보면 편하고, 여행도 혼자 하면 편하지요. 다른 사람을 신경 쓰지 않아도 되니까요. 과거에는 혼자 곧잘 떠나곤 했습니다. 지금도 혼자일 때가 좋습니다. 혼자 있을 때 비로소 생각도 정리할 수 있고, 뭔가를 완성할 수 있지요. 그러나 누구나 그렇듯 늘 혼자일 수 없고, 늘 여럿일 수도 없지요. 책방은 때로는 혼자이고, 때로는 여럿인 상태가 가능한 곳입니다.

책방에 늘 혼자 오는 젊은 친구가 있습니다. 혼자 와서 책을 읽고, 노트에 뭔가를 끄적이다 가곤 했지요. 그런데 어느 날 친구를 데리고 왔더군요. 둘이 들어오는데 제가 그만 반가워서 활짝 웃으며 말했지요. 오늘은 친구와 같이 오셨네요.

둘이 왔어도 그들은 시끄럽게 이야기를 하기보다 각자 책을 읽었습니다. 음료값도 각각 계산하고, 책도 각각 계산하고. 그렇게 각자 계산하는 모습이 제겐 아직 익숙하지 않은 풍경입니다만 요즘 젊은 친구들은 그게 아주 당연하더군요. 각자 책 읽는 모습이 예뻐서 저는 책을 읽다 그들을 흘끔흘끔 훔쳐봤습니다.

아직 서울에서 바쁘게 일하는 친구가 그러더군요. 심심해서 어떻게 사느냐고. 서울이 그립지 않으냐고. 저는 그냥 웃었습니다. 심심해서 견딜 수 없는 때가 있었지요. 아직 한창 젊었을 때는 그랬습니다. 그 시절에는 누구라도 만나서 놀기도 했지요. 때로는 이렇게 저렇게 휩쓸려 다니면서.

지금은 오히려 심심한 시간을 즐기고 있습니다. 그 심심함 속에서 나뭇잎도 보고, 나뭇가지 사이로 보이는 하늘도 보고, 멀리 산도 보고. 그러다 고개 숙여 개미도 좀 보고.

여전히 도시에서 바쁜 친구는 심심할 새가 없지요. 일하느라, 노느라 늘 사람들 속에 묻혀 있으니까요.

서울에서의 생활이 참 편하고 좋지만, 서울이 그립지는 않습니다. 서울에서 자라고 쭉 살았으니 서울 생활이 익숙하기도 하지만 그렇다고 서울이 그리울 것까지는 없습니다. 물론 서울에 살면 사람 만나기도, 음악회나 전시회, 영화를 보러 가기 편하지요.

생각해보니 음악회나 전시회도 안 보면 안 될 것 같았던 시절도 있었네요. 돌아보면 그것이 정말 나를 위한 것이었을까 싶어요. 그것 역시 어느 기준엔가 맞춰놓고 그것에 뒤처지지 않으려고 했던 건 아닐까 싶거든요.

어쩌다 서울 나들이를 하러 나간 날에는 이곳이 그립습니다. 이곳의 나무가 그립고, 물소리가 그립고, 흙냄새가 그립습니다. 그리고 밤늦게 돌아오면 비로소 안심됩니다. 돌아왔구나. 아마도 이곳이 집이어서 그렇겠지요. 집이란 나갔다 돌아올 수 있는 곳, 쉴 수 있는 곳이니까요.

이곳에서 저는 심심하게 살아갑니다. 종일 혼자 있는 날도 있고, 그러다 사람들이 와서 함께 노는 때도 있고. 그러다 이렇게 가끔 편지를 쓰면서.

지금, 어떠신가요?

심심한 시간에만 만날 수 있는 그 무엇.

그곳으로 각각 가서, 우리 만나요.

6

부모의 옛날이야기가 그리운 순간들

날씨가 제법 차지만 햇살 아래 있으면 그래도 바깥에 있을
만한 요즘, 차 한 잔을 마셔도 꼭 밖으로 나갑니다. 흐린 날
은 조금 춥다 싶은데도 스카프를 두르고, 점퍼를 걸치고서라
도 나갑니다. 안보다 바깥이 훨씬 좋은 계절이라 안에 머물
수가 없거든요. 먼 산도 좋지만, 책방에 들어오는 길목에 늘
어선 단풍 든 느티나무들의 모습은 매일 다른 색깔로 변합니
다. 저녁과 아침의 풍경이 다르고, 냄새도 다릅니다.

오늘 아침에는 그 풍경을 바라보며 커피를 마시고는 이내
마을 산책에 나섰습니다. 엊저녁에도 걸었던 길. 아침 햇살과
저녁 햇살이 다른 만큼 나무들의 표정도 달라졌습니다. 늘

돌던 길에서 벗어나 오늘은 조금 더 마을 뒷산으로 올라갔습니다. 그곳은 사람들이 거의 다니지 않지요.

수백 년 된 소나무들이 우뚝우뚝 솟아 있는 아래로 풀숲이 가득했습니다. 봄에는 여린 풀들을 밟고 다닐 수 있었는데, 지금은 크게 자란 풀들이 저마다 열매를 맺고 있어 지날 수가 없었습니다. 그 위로 더 올라가면 마치 강원도 산속 같은 깊은 계곡이 나오고 길은 산 정상을 향해 이어집니다.

소나무 숲에서 옆으로 빠졌습니다. 내려오다 보면 빈집이 한 채 있습니다. 그곳에 살던 어르신이 요양원에 들어가셨다고 들은 지가 벌써 수년째. 오늘 보니 마당에 고구마 캔 흔적이 있었습니다. 어르신 자녀가 드나들며 농사를 지었던 모양입니다. 이 집은 언제까지 남아 있으려나, 생각했습니다.

언젠가 90세가 넘으신 분이 아들 내외와 함께 산소에 다녀가는 길이라며 잠깐 들르셔서는 옛날 이 동네에서 살았다고 했습니다. 지금 책방이 있는 터는 밭이었다고 하면서 큰 소나무는 그때도 컸는데 지금도 크다며 한참을 바라보셨습니다. 당신네 집터는 저 위 어디쯤이라고 가리키는데 제 눈에는 그저 숲밖에 보이지 않았습니다.

저 집에 살던 이가 선생이었고, 저 위로 걸어서 가면 누구네 집이 있었고, 그 집 양반은……. 마당에 서서 이야기하는 그분의 말은 한없이 이어질 듯했습니다. 이곳에서 태어나 이곳에서 자라고 결혼하고 자식도 키웠으니 얼마나 많은 기억이 있겠어요. 궁금한 저는 그 이야기를 귀담아듣는데 머리 허연 아들이 말을 잘랐습니다.

"그 옛날이야기 하면 뭐해요, 그만하셔요."

할아버지는 이내 말문을 닫으셨습니다.

저도 그랬습니다. 부모가 옛날 살던 이야기를 하면 나와 관계도 없고, 그러니 잘 알지도 못하고, 그런데 여러 번 들어서 다 아는 듯해서 듣고 싶지 않았습니다. 지금 당장 내 삶이 급급하고 나밖에 보이지 않았지요. 돌아가신 후에야, 제가 나이들고 나서야 엄마의 삶이, 아버지의 이야기가 궁금해졌습니다. 내 부모가 아닌 한 사람으로서 어떤 삶을 살았을까. 어떤 생각을 하고 살았을까. 가장 잘 알지만, 가장 잘 모르는.

그 집 앞 담벼락에 흐드러진 달리아꽃 한 송이를 꺾어 산길을 따라 내려오는데 단풍나무 한 그루가 아주 곱게 물들어 있어 한참 쳐다봤습니다. 조금 더 내려오자 지난봄에 봤던 큰 자목련 나무도 풍성하게 단풍이 들어 있었습니다. 가운데 뚝 잘린 틈으로 커다란 꽃 한 송이가 덜렁 피었었는데, 여름을 나는 동안 가지가 자라고 잎이 무성해졌더군요. 내년 봄에는 얼마나 꽃을 피울까, 그 봄 산책을 상상했습니다.

책방에 들어서니 큰 창으로 햇살이 가득 내려오고 있었습니다. 여름내 밖에서 자라던 식물들을 안으로 들였는데 그것들이 모두 햇살을 받아 빛나고 있었습니다. 단풍 들지 않는 것들, 사시사철 푸른 것들. 열대식물은 열대식물대로 좋습니다. 가지 하나 뚝 잘라 꽂으면 뿌리를 내리고 키우기도 쉽지요.

단풍 드는 것들은 안에서 키울 수가 없습니다. 오래전 공작단풍 한 그루를 들였습니다. 늦은 나이에 아이를 낳았다고 동생이 선물 하나 하겠다길래 함께 화원으로 가서 이것저것 살폈습니다. 그중 수형이 멋진 단풍나무에 반해 그걸 골랐지요. 큰 화분에 심어진 단풍나무는 정말 멋졌습니다.

그러나 여름 한철 나기도 힘들었습니다. 거실 바닥에 떨어지는 잎을 쓸어내기 바빴지요. 빈 가지를 보는 것도 괴로웠습니다. 마침 서울 근교에 농장을 갖고 있던 언니가 왔길래 실어 보냈습니다. 언니에게 말했습니다. 언젠가 주택에 살 때 갖고 가겠노라고.

서울 아파트에 살면서 그런 꿈을 갖고 있던 시절이 지나 드디어 주택에 살게 되었을 때, 단풍나무를 캐가겠다고 말했습니다. 언니는 얼마든지 캐가라고 했지요. 다만 캐갈 수 있다면.

이십 년이 넘도록 땅에서 자란 단풍나무는 몰라보게 커서 우람했습니다. 커다란 단풍나무를 캐는 것보다 작은 단풍나무 한 그루 키우는 게 훨씬 낫지 싶었습니다. 지금 실내에 있는 열대식물도 실내가 아닌, 저 살던 땅에서 자란다면 쑥쑥 뿌리와 가지를 맘껏 뻗으면서 살겠지요.

무엇이 좋을까요? 반드시 좋다, 나쁘다 할 수만도 없는 것들. 옳고 그름도 기준에 따라 달라지는 것.

시월의 풍경에 앉아 편지를 씁니다. 이 편지가 도착할 때는 십일월. 이렇게 말하고 보니 마치 편지가 오래 걸리는 듯하네요. 이 느낌도 괜찮은데요? 편지니까요.

7

그곳의 겨울은 어떤 풍경인가요

눈이라도 오나, 날이 흐려 몇 번씩 창밖을 쳐다보고 있는데 낯익은 얼굴이 문을 열고 들어왔습니다.

"맨날 저 혼자 와서, 혹시라도 작업하시는 데 방해되는 건 아닐까, 조심스럽기도 하고, 혼자 계시는데……"

저는 커피를 내리며 무슨 말씀이냐, 와주셔서 감사하다, 혼자 있으나 누구와 같이 있으나 제가 작업하는 데는 관계가 없다, 책방에 손님이 앉아 있으면 다른 사람이 들어와서도 좋지 않겠느냐……. 저는 한참 호들갑스럽게 말했습니다.

글 쓰는 일을 직업으로 갖고 사는 동안 사무실에서 글을 쓸 수밖에 없었습니다. 여기저기에서 울리는 전화벨과 큰소리로 통화하는 소리(옛날에는 각 책상에 전화가 있었지요)를 들어가며, 에잇, 하면서 원고지 구겨버리는 소리(옛날에는 원고지를 쌓아놓고 원고를 썼습니다)를 들어가며, 담배 뻑뻑 피워대는 사람(옛날에는 다들 실내에서 담배를 피웠지요) 곁에서, 누군가 데스크에게 혼나는 소리를 들어가며(초보 기자는 혼나기도 많이 혼났지요. 내용이 없다, 문장이 안 좋다, 취재는 제대로 했느냐, 사진이 안 좋다. 그러니 다시 써라, 다시 찍어라) 원고를 썼지요.

그 속에서 제게 주어진 책상에 앉아 원고지에, 워드프로세서(타자기와 컴퓨터 중간쯤 되는 기기로 자판에 원고를 치면 저장이 되어 감열지에 프린트할 수 있었지요)에, 컴퓨터에 원고를 썼지요. 원고지 구기는 소리보다 사방에서 터지는 타자 소리를 들은 시간이 더 많았습니다. 그러다 보니 곁에서 아무리 시끄럽게 해도 원고를 쓰는 데는 지장이 없었습니다. 그야말로 초집중해서 원고를 썼지요. 그렇지 않으면 마감을 할 수 없으니까요.

그렇게 오래 일을 해서 그런지 사실은 써야 할 원고가 있으면 어디서든 가능합니다. 글 쓰는 이들 중에서는 카페에서 작업하는 경우가 많다고 하는데, 저는 특별히 카페에서 작업

해본 적이 없습니다. 지금은 책방이 있고, 그 이전에는 사무실에서 주로 작업을 했거든요. 물론 지금 책방이 곧 카페이므로 사실은 매일 카페에서 작업하는 셈이긴 하네요.

그런데 책방에 손님이 많을 때는? 그럴 때는 손님을 맞이해야 하므로 원고를 쓰거나 책을 읽을 수 없지요. (그런 경우는 행사 같은 특별한 일이 있을 때입니다.) 손님이 없을 때는 당연히 제 작업실이고, 손님이 한둘 있을 때도 마찬가지지요. 그러니 한 사람의 책 읽는 손님이 제게 방해될 리가 없지요. 오히려 귀하디 귀한 손님이신걸요.

그간 평안하셨는지요.

이제 완전한 겨울로 접어들고 있지요? 저는 11월 초 일찌감치 김장하고 기름보일러도 채워놓고, 밤에는 벽난로를 피우고 지내고 있습니다. 물론 이곳 사방의 큰 나무들도 일찍 잎을 떨구고 겨울 채비를 했고요. 그래서 이미 겨울을 살고 있었지요.

그런데 어느 날 뉴스에서 기자가 말끝에 "가을이…"라고 하는 거예요. 저는 "아니 무슨 가을이야, 겨울이지."라고 말했답니다. 이곳만 벗어나면 늦가을이라는 것을 그때까지는 미처 깨닫지 못하고 말이지요. 저 아랫지방에 사는 친구가 고운 단풍 사진을 찍어 보냈는데도요.

이곳의 봄은 조금 더디고, 겨울은 조금 빠른 편입니다. 서울 남산보다 지대가 높거든요. 오늘 문득 내년에는 이곳에 봄이 느리니 저 남쪽에 봄소식이 오면 쓱 내려가서 봄을 맞이하고 올까, 가을이 일찍 저무니 이곳에서 단풍을 누리고 쓱 내려가 가을을 보내고 올까, 그러면 봄과 가을을 꽤 오래 누리겠는걸, 하고 생각했습니다.

요즘은 겨울나기를 동남아와 하와이에서 보내는 이들이 많다 하더군요. 하와이보다 동남아가 비용이 저렴하니 그곳에 더 많은 사람이 몰리기도 하고요. 이곳에서 겨울을 나는 것보다 비용도 덜 든다고 해요. 이런 세상에 사는데 봄을 좀 더 일찍 맞이하겠다고, 가을을 좀 더디 보내겠다고 저 아랫지방으로 내려가는 것쯤이야 아무것도 아니지요.

한창 여행을 다닐 때는 낯선 풍경에 저를 데려다 놓기에 바빴습니다. 그곳에 간 것을 기념하고, 그곳에서 하나라도 더 보려고 하고, 맛집도 찾아다녔지요. 사람들 속에서. 그런데 봄을 맞이하러 떠날까 싶어요. 늦게라도 봄은 오는데요.

이곳을, 저는 깊이 좋아하는 모양입니다. 겨울이 긴 것마저 좋으니까요. 겨울이 길면 고독한 시간도 길지요. 다른 계절에는 바깥이 시끄럽습니다. 안에 앉아 있다 보면 몸이 근질 거리지요. 풀과 나무와 꽃들이 사방에서 야단이거든요. 겨울에는 그것들도 조용합니다.

저는 몸을 웅크리며 종종걸음을 내디디고, 핫팩을 들고, 동상이라도 걸릴까 두꺼운 양말과 털신을 신고, 코끝에 끼치는 겨울 냄새를 들이마시고, 쏟아지는 눈을 온몸으로 맞기도 하고, 몸 벗은 큰 나무들의 위용을 바라보기도 하고, 장작난로 앞에 앉아 동치미 국물을 마셔가면서 고구마를 먹기도 하고, 타들어 가는 난롯불에 빠져들기도 하고……,

대단할 것도 없고 특별할 것도 없는, 그냥 소소한 일상들. 고요가 약간의 분주를 멀뚱히 바라보는 그 시간들. 이것은 겨울에만 가질 수 있는 시간이지요. (집이 좀 크지만) 마치 숲 속 오두막에 있는 듯 말이지요.

계신 곳의 겨울 시간은 어떤 모습인지요?

| 8 |

힘든 날은 다시 오지 않기를 소망하며

"여긴 언제 와도 그대로라서 좋아요."

며칠 전 오랜만에 책방에 들른 사람이 말했습니다. 오전 11시쯤이었고, 너른 창으로 햇빛이 쏟아져 실내에 있는 화초들이 빛났습니다. 음악이 나오고 있었고, 사방의 책들은 저마다 목소리를 내고 있었지요.

"그렇지요. 언제나 그대로지요."

그러자 그가 다시 말했습니다.

"그게 참 쉽지 않더라고요. 늘 그대로라는 게."

매번 평안하셨느냐 물을 때마다 저는 평안했는가 생각했

습니다. 때로는 힘든 때도 있었거든요. 어떻게 하나 막막했던 순간도 있었고 지친 날들도 있었습니다. 그래도 몸이 지치는 것은 쉬면 되는 일이니 좀 낫지 싶어요. 마음이 문제지요.

시골에 살고 책방을 하고. 그러면서 조금씩 욕심을 내려놓고 산다 생각했는데 아니더군요. 덜컥 욕심을 부려 화를 부르기도 했습니다. 알면서도, 욕심인 줄 알면서도 그렇게 달려들었다 일이 벌어지자 저도 참 어이없었습니다. 어쩌자고.

문제를 해결해가면서 남 탓을 할 수 없어 그 화가 제게로 향하기도 했지요. 스스로 부끄럽기도 했고요. 그러나 그것이 또 나인 것을. 자책보다는 나를 보듬으며 문제를 해결해갈 수밖에 없었습니다.

삶은 계획대로 움직이는 게 아님에도 불구하고 이렇게 하고 저렇게 해야지 생각했습니다. 어찌어찌 그동안 살아온 것은 운이 좋았던 것인데, 그 운이 마치 제가 잘해서 그런 것이라 생각하고 조금 우쭐했을까. 그동안처럼 운이 좋을 거라고 생각한 걸까. 여러 생각이 들었습니다.

토마스 햄슨이 부르는 '힘든 날들은 다시 오지 않으리(Hardtimes come again no more)'를 듣습니다. 젊은 시절부터 좋아했던 노래입니다. 이 노래를 듣다 보면 살아가는 일에 대해 깊이 생각하게 됩니다. 힘든 날이 다시 오지 않기를 바라는 그 노랫말, 그리고 곡조가 저를 위로합니다.

그동안의 삶에서 힘든 날들이 왜 없었겠어요. 다만 지나고 보니 괜찮아지고, 그 고통을 잊은 것이지요. 힘든 날들이 언제까지 계속될 수는 없고, 모두 다 지나가게 마련이니까요. 아주 상투적이긴 하지만 삶이란 좋은 날과 나쁜 날들이 있을 수밖에 없는 것이고요.

겉으로는 술술 흐르는 것처럼 보여도 속으로는 거친 돌부리와 수초와 바위들에 온몸 부대끼며 흐르는 물처럼 우리는 모두 그렇게 살지 않나 싶어요. 그것을 견뎌내며 더 깊은 강으로, 더 넓은 바다로 나아가는 것이겠지요.

독일 최고의 바이올린 제작자인 마틴 슐레스케의 『울림』이라는 책에는 이런 구절이 있습니다.

'나는 일곱 권의 신앙서적을 더 읽기보다는 매일 7분간 고요히 하느님 앞에서 훈련하고자 한다.'

어느 날 저 문장이 유달리 와닿았습니다. 책을 읽는 것은 단순한 재미를 넘어서지요. 앎도 넘어서지요. 정보를 취할 것이라면 사방에 정보가 넘치고, 이야기 역시 많습니다. 그런데 굳이 책이라니. 책을 읽는 것은 변하고 싶은 욕구 때문이 아닐까 싶어요. 똑같은 것에서 벗어나 더 나은 삶을 살아가고 싶은. 그러니 읽기만으로는 안 되지요.

마틴 슐레스케는 '읽기'보다 '하느님 앞에서 훈련'을 이야기했습니다. 그는 믿는 사람이므로 이렇게 말했지만, 믿지 않는 사람은 어떻게 할까. 그것은 깊은 사색이 아닐까 생각합니다. 그러면서 지금의 내 삶을 바라보고 깨닫는 것. 그러기 위해서는 절대적인 혼자만의 시간이 필요하지요.

마음이 어지러울 때 혼자 하는 산책은 꽤 도움이 됩니다. 어떻게 할까 궁리하고 모색하는 것이 아닌, 그냥 풀과 나무와 하늘 등을 바라보며 내 마음을 들여다보는 시간. 그럼으로써 생각이 나아가고, 행동으로 옮기는 것.

쉬운 일은 아니지요. 다시 돌아온 현실에 어떤 문제와 당면했다면 더더욱. 그러니 훈련이 필요하지요. 그 훈련은 한두 번으로 되는 것이 아닌, 살아있는 동안에는 계속해야 하는. 문제는 한 번으로 끝나는 것이 아니니까요.

매일 아침 운동을 하고, 책방 문을 열고, 화초에 물을 주고, 컴퓨터를 켜고, 시디를 골라 음악을 듣습니다. 책을 읽고, 자판을 두드리고, 동네를 산책하고, 먼 산을 한없이 바라보고, 큰 나무를 오래 올려다보기도 합니다. 그러는 동안 책방에 다녀간 사람은 말합니다.

"변함없네요."

책도 다른 책이 놓여 있고 화초도 다르게 가지를 뻗었을 것이며 책방 온도도 어제와 다른데. 물론 저도 어제보다 주름이 더 늘었는데. 어떤 날은 마음이 요동치는데.

그래도 여기 이곳에 있습니다. 그곳에 그대로 계신 것처럼.

9

해마다 다른 봄을 맞이하며

"바람 소리가 들리는데 낙엽이 흩어지자 가을 같은 거예요. 아니, 가을이면 안 되지, 내가 얼마나 봄을 기다리는데. 올봄에는 마당에 이것저것 맘껏 심을 생각이거든요. 이것저것 재느라 지난해에는 조금밖에 못 심었거든요. 내게 남은 봄이 얼마나 된다고. 그런데 지금이 가을이면 봄이 얼마나 멀어요."

날이 조금 풀려 따듯한 날, 책방 가까이 사는 분이 걸어와서 말씀하셨습니다.

60대 후반. 여전히 소녀 같은 마음을 갖고 있어 두툼한 소설책을 좋아하고 새로움을 찾아 여행을 떠나는 분이시죠. 서울에서 살다 우리 동네에 집을 짓고 들어오신 지 이제 3년째쯤 되셨답니다.

시골살이의 가장 큰 즐거움 중 하나는 정원 가꾸기죠. 이것도 심고 싶고 저것도 심고 싶고. 아름다운 정원을 만들고 싶습니다. 그러나 정원은 시간이 만드는 것이지요. 물론 전문가가 이렇게 저렇게 설계, 나무를 심고 씨앗을 뿌려 관리해줄 수도 있지요. 그렇게 하려면 돈이 좀 들어가는 일인 데다 정원은 한 번으로 끝나는 것이 아니어서 정원사를 두는 것이 아닌 다음에야 일이 좀 많습니다. 그분이나 저 같은 사람은 일부러 노동을 위해 시골로 들어온 만큼 직접 하려 들지요. 전문가가 아니다 보니 시행착오도 당연히 겪게 되고요.

정원은 계절마다 달라지고, 시간이 지나면서 다른 풍경을 만듭니다. 잘 자라던 나무가 죽어서 베어내야 하고, 잎이 무성한 나무는 가지치기를 해줘야 하지요. 새 구근을 구해 열심히 심으려고 땅을 파 보면 그 자리에 지난봄에 피었던 수선화 같은 구근이 싹을 틔우고 있는 일도 있습니다. 뿐인가요. 뭐 하나라도 심으려고 여기저기 기웃거리다 보면 땅에는 뭔가 싹이 나고 있지요.

심지어 심고 나서 며칠 후에 다시 뭘 심어보겠다고 그 자리가 비어 있으니 거기에 또 뭔가를 심을까 궁리하기도 합니다. 아직 순이 터지지 않았으니 빈 땅인 줄 알고요.

카렐 차페크의 『정원가의 열두 달』이라는 책에 보면 매년 봄이 되면 그렇게 뭔가를 심으려고 작은 정원을 뱅뱅 도는 이야기가 나오는데, 정원을 가꾸는 이들이라면 아주 공감하며 읽는 책이랍니다.

이런, 어쩌다 보니 정원 이야기로 흘러버렸네요. 사실 그분 이야기를 꺼낸 것은 봄을 기다리는 마음과 '남은 봄'에 대해 이야기하고 싶었기 때문이었는데 말입니다.

얼마 전 저 남쪽에 사는 지인이 매화가 꽃망울을 터트렸다고 소식을 전했습니다. 그러나 그 매화는 몇 번을 다시 얼어 죽고 다시 피어난 후에야 거대한 꽃천지를 이룬답니다. 아직 꽃천지를 이루기에는 혹독한 몇 번의 추위가 남아 있으니까요.

마을에 사는 그분의 정원이 어떠한지, 거기에 뭘 심을지 잘 모릅니다. 우린 금세 다른 이야기로 넘어갔거든요. 가시고 난 후에야 그분의 말씀이 마음에 남았습니다. 남은 봄이 몇 번일까. 그분은 이제 60대 후반이니 앞으로 몇 번의 봄을 맞이할까. 오는 봄을 지금처럼 기다리며 준비할 수 있을까. 이렇게 생각하니 갑자기 쓸쓸해졌습니다. 나이든 몸은 해마다 달라지니까요.

그런데 최소한 스무 번, 어쩌면 서른 번까지도 준비할 수 있겠다 생각하니 기분이 확 달라졌습니다. 고령사회에서 여든은 젊은 나이죠. 아흔도 활동할 수 있는 나이고요. 피아니스트 시모어 번스타인은 아흔이 넘어서도 강습을 하고, 그에게 강습받는 사람 중에는 그보다 더 나이 많은 할머니도 있었지요.

그러니, 나이를 탓할 일은 아니지요. 정원을 위해 설레며 봄을 기다리고 준비하는 것처럼 가슴 떨리는 내일을, 봄을 기다리며 사는 일. 그렇게 살아야지요.

일본의 작곡가 류이치 사카모토는 암 수술을 받고 나서 '나는 앞으로 몇 번의 보름달을 볼 수 있을까'라고 병실에서 읊조렸지요. 매달 뜨는 보름달을 보면서 저는 저 보름달을 몇 번이나 볼 수 있을까, 생각하지 않습니다. 오는 봄 역시 당연히 받아들이고 내년에도 봄은 또 오겠지 생각하지요. 마치 삶이 무한대 펼쳐진 것처럼 말입니다.

처음 이곳에 와서 정원을 만들 때가 생각납니다. 언덕진 땅을 포클레인으로 평평하게 밀어놓자 땅이 굉장히 넓었습니다. 손바닥만큼의 땅만 있어도 좋겠다 싶었는데 넓은 땅을 보니 막막했지요. 종이에 쭉쭉 선을 그어놓고 여기에는 뭘 심고, 여기에는 뭘 심어야겠다 했지요. 어서 봄이 왔으면, 어서 뭔가가 움텄으면 하고 기다렸습니다. 이윽고 봄이 됐을 때 여기저기에서 터져 나오는 것들은 모두 다 아름다웠습니다. 그럴 밖에요. 모두 꽃이고 나무니까요.

몇 년이 지나는 동안 옮겨 심은 소나무와 진달래가 죽기도 하고, 무더기로 피어나던 독일붓꽃도 2년 전 큰 추위에 모두 얼어 죽고 말았습니다. 상심이 제법 컸지요. 그래도 또 다른 꽃들 앞에서 마음을 뺏기고 다음 봄을 기다립니다. 한동안은 백일홍 꽃밭이었던 곳이 지난해에는 과꽃이 지천으로 피어나기도 했습니다. 올해는 뭘 갖다 심을까 생각합니다. 이렇게 이야기하다 보니 흙냄새가, 봄이 몹시 그리워지네요. 벌써 마음은 환한 꽃천지 아래 누워 있습니다.

우리에게 남은 봄날들, 그날들은 어떤 날들일까요.

분명한 것은 오는 봄이 지난봄과는 다를 것이고 그 이야기는 저마다 다르게 쓰인다는 것이지요. 그분의 봄 역시 지난봄과 다른 봄이겠고요. 그분의 정원도 지난봄과는 다른 정원이 될 것이고요. 그분이 설레며 다시 오지 않을 봄을 기다리

듯, 각각의 그 봄날을 우리도 떨리는 마음으로 기다려요. 무엇을 심을까, 생각하면서요.

1월이니 아직은 겨울입니다.

봄을 기다리며 계신 곳에서 평안하게 지내시길 바랍니다.

저는 이곳에서 저의 봄날을 기다리겠습니다.

|10|

저마다의 때를 기다리며

아침 내내 흐리더니 햇살이 환해졌습니다.

책방에 가득한 초록 나뭇잎들은 눈이 부셔도 온몸으로 햇살을 받고 있습니다.

슬쩍 나무 가까이 가서 햇살을 등지고 앉았습니다.

나무가 속삭입니다.

좋지?

겨울, 책방에는 실내식물이 가득합니다. 따뜻한 계절에는 밖에 내놓고 키우던 식물을 겨울에는 안으로 들입니다. 큰 화분도 더러 있고 작은 화분도 많고 수가 많아 들이고 내놓는 게 일입니다. 아직 이렇게 할 수 있다는 것, 매일 저 화초들에 물을 줄 수 있다는 것은 건강하기 때문이겠지요. 나이 든 어른들이 당신 몸이 힘들어지면 가장 먼저 정리하는 것이 화초더군요. 물 주는 것뿐만 아니라 적절하게 분갈이도 해야 하고……. 식물을 가꾸는 것은 아무래도 나이들면 힘에 부치는 일입니다.

책방에 있는 것 중 가장 오래된 것은 올해로 키운 지 30년 된 대만고무나무입니다. 굵은 몸통에 잎이 멋지게 난 것을 들였는데, 지금은 수형이 변했습니다. 3, 4년에 한 번씩 분갈이를 해줬지요.

큼직한 관음죽 화분은 여러 개인데 분갈이를 해서 화분이 늘어난 것입니다. 10여 년 전 엄마가 키우던 것을 갖고 왔는데 아주 잘 자랍니다. 커다란 흰색 꽃을 피우는 천사의나팔도 친정엄마의 손길이 닿은 것이고요. 지난 늦가을, 화분을 안으로 들이면서 가지치기한 것들을 몇 개 물에 담가 뿌리를 내렸습니다. 봄 되면 흙에 심어 나눌 예정인데요, 지난해에도 꽤 여러 사람과 나눴습니다. 보통 꽃이 노란색이 많은데, 흰색이다 보니 나름 귀합니다.

오늘 제게 말을 건 떡갈고무나무도 특별합니다. 한 15년 전쯤, 동네 마트에서 작은 모종을 사서 키운 것이거든요. 당시 3개 한 세트를 5,900원에 줬습니다. 그러면서 조금 값이 나가는 큰직한 떡갈고무나무도 한 그루 들였지요.

언제 크나 싶었는데 그 세월 동안 잘 살았습니다. 특히 한 그루는 제법 굵직한 나무로 자랐고 잎도 무성합니다. 가격 차이가 꽤 났던 큰 나무와 비교해도 손색없이 자랐지요.

이에 반해 두 그루는 몇 번의 고비가 있었습니다. 분갈이를 해주면서 나름 정성스럽게 키운다고 했는데 영 잎이 시원찮았습니다. 크고 넓고 반짝이는 다른 잎에 비해 보잘것없었지요. 지난해에는 좀 더 잘 키워보겠다고 마당 한쪽 땅에 심었습니다. 원산지가 열대지방이니 한여름 땅 기운을 받으면 잘 자라겠거니 싶었지요. 하지만 주변 것들은 새잎을 쭉쭉 뻗는데 떡갈고무 만큼은 그렇지 않았습니다. 무엇보다 아주 작은 잎을 틔우고는 그 잎도 이내 쭈그린 채 자랐습니다.

겨울 채비를 하느라 땅을 파 보니 뿌리가 사방으로 뻗어 있었습니다. 다른 화분들도 많은데 그만 키울까 했던 마음이 이내 사라졌습니다. 잔뿌리를 자르고 토분에 옮겨 심어 안으로 들였습니다. 겨울을 나는 동안 새잎을 여러 장 틔웠습니다. 아직 잎은 작지만 전보다는 크고 윤기가 납니다. 그중 한 개는 제법 수형도 아름다워 며칠 전 오래된 잎을 따주면서 기특하다, 칭찬을 아끼지 않았습니다.

또 시원찮은 떡갈고무나무 화분 한 개도 3년 전쯤 꺾꽂이를 한 것인데 그것 역시 올겨울을 잘 나고 있습니다. 올여름까지 잘 크면 내년쯤에는 다른 떡갈고무나무처럼 큰 잎을 자랑하지 않을까 싶습니다. 기다린 보람이 있어 보는 내내 참 흐뭇합니다.

모든 것에는 다 때가 있다고 합니다. 때를 기다릴 줄 알아야 한다고 하지요. 오늘 화려하게 피었다고 꽃이 영원하지 않습니다. 꽃은 지게 마련이니까요. 잘 자라던 나무도 어느 날 이유를 알 수 없이 죽기도 합니다. 그건 나무만이 아는 일인지만, 나무는 사람 곁에만 살지 않는다면 오래 산다는 말이 있다고 합니다. 사람이 오히려 독이 된다는 말이 좀 아프게 와닿는 말이지요.

식물을 좋아하다 보니 외국 영화를 봐도 거실이나 정원에 있는 나무가 먼저 눈에 들어옵니다. 특히 실내식물은 더욱 그렇지요. 실내식물도 유행을 탄다는 것을 알았을 즈음에는 이미 실내식물도 커다란 산업이라는 것을 알게 되었고요.

고대 사회에서도 꽃과 식물로 신전을 장식했다고 합니다. 기록에 의하면 이집트의 여성 파라오 하트셉수트는 유향나무를 신전에서 키울 생각으로 원정대를 보냈다고 할 정도이니, 그 역사도 꽤 길지요.

『실내식물의 문화사』라는 책을 보면 2014년 미국에서만 5천만 개 이상의 포인세티아가 판매되었다고 합니다. 크리스마스를 앞두고 포인세티아 화분을 거실 한쪽에 놓는 풍경. 지금 우리에게도 익숙한 풍경이지요. 그 어마어마한 산업 바퀴에 먼지처럼 붙어서 날아온 포인세티아가 제게도 있습니다. 벌써 4년째 키우고 있는데, 올해도 붉은 잎을 아름답게 피웠습니다.

식물의 터는 밖이지요. 그런데도 굳이 안으로 들이는 이유는 무엇일까요. 아무래도 욕망 때문이겠지요. 아무리 좋은 것들 속에 있어도 공장에서 만들어낸 것들에게서는 느낄 수 없는. 그래서 자연을 안으로 들이고 싶은 욕망. 같은 책에 의하면 옛날부터 그 단순한 욕망을 넘어 이국적이고 희귀한 식물들에 대한 부의 과시도 있었다고 합니다. 하긴 요즘은 '식물재테크'라는 말도 있지요.

집안에서 식물을 키우기 시작한 것이 거의 40여 년 됩니다. 그 끝에 도시의 아파트 생활을 접고 시골로 들어온 것이고요. 이곳에서는 사방에 나무 천지인데 안에서까지 키울 이유가 있느냐 싶은데도 또 그것은 달라 자꾸 화분이 늘어납니다. 식물도 정이 깃들어 함부로 버릴 수 없거든요. 덕분에 조용한 겨울 책방에서 그것들과 시끄럽게 보내고 있습니다.

그러다 보면 하루가 갑니다. 가끔 책도 좀 읽고, 이런저런 일도 하다 보면 하루가 짧기만 합니다. 그러고 보니 어느새 2월도 끝나고. 세월이, 참 빠릅니다.

잠깐 편지를 쓰다 멈추고 밖에 나가 바람을 쐬고 왔습니다. 계곡물 소리가 요란합니다. 봄이 오고 있네요. 저 남쪽에는 벌써 매화가 피었고요.

겨우내 어떠셨어요?

저는 유난히 눈보라가 심한 날이 많았지 싶은데, 겨울 끝에 서고 보니 그날도 좋았다 생각이 드네요. 다시는 오지 않을 날들이니까요. 그런 날들이 모여 오늘을 이루고 내일은 또 거기에 오늘이 더해지고. 그렇게 매일매일, 조금씩 기운을 내고, 돋아나는 봄의 새순처럼 하루를 살아가는 것. 사는 동안 그렇게 살아가길 소망합니다.

계신 곳에서, 새로운 봄을 맞이하시길요. 마치 처음인 듯 새롭게. 삶의 계절에 맞게.

이곳에서, 저도 봄을 맞이하겠습니다. 처음인 듯 새로운 봄을.

|11|

단순한 생활 속에서

햇살이 따뜻해 요즘은 웬만하면 마당에서 커피를 마십니다. 오늘은 비가 오는데도 밖에 서서 커피를 마셨습니다. 매화가 막 꽃망울을 터뜨리기 시작했고, 꽃잔디도 몇 송이 꽃을 피웠습니다. 산수유 한 그루는 소나무 숲 앞에 덩그러니 혼자 노란 꽃을 피우고 있는데요, 가장 먼저 꽃 피우고 서서 지금 여기도 봄이 오고 있으니 천천히 기다리라고 말합니다.

두툼한 옷을 벗을까 말까, 왜 이렇게 더딘가 싶을 때 봄은 갑자기 들이닥칩니다. 그러다 갑자기 서늘한 기운으로 다시 몸을 움츠리게 합니다. 그래도 순을 틔우는 것들은 어제보다 더 쑤욱 나와 있습니다. 그제만 해도 꽃망울이었던 매화가 어제 아침에 꽃을 틔운 것처럼 말이지요. 이 비가 그치면 꽃들은 더 피어날 것입니다.

계신 곳에서의 봄은 어떤 풍경인지요.

이곳은 봄이 더딘 편이므로 계신 곳에서는 지금쯤 매화는 물론이고, 벚꽃이며 목련 같은 봄꽃들이 활짝 피어나지 않았을까 싶네요. 며칠 전 저 아랫지방을 다녀왔는데, 우리 마을만 벗어났을 뿐인데도 꽃들이 활짝이더군요. 아래로 내려갈수록 꽃들이 만발해서 눈이 부셨습니다. 그런데 이제야 매화가 꽃 피웠다고 소식을 전하다니, 참 늦지요?

꽃 구경을 떠난 것은 아니지만, 사방이 꽃 천지여서 봄을 실컷 만끽하고 와서는 이곳에서 다시 봄을 맞이합니다. 남편은 텃밭을 갈아엎고 퇴비를 듬뿍 뿌렸습니다. 그야말로 본격적인 봄 채비를 시작한 것이지요.

손바닥만 한 텃밭이지만 그것도 가꾸는 데는 적잖은 노동이 들어갑니다. 그 텃밭에서 우리 식구 먹기에도 넘치는 수확물이 나오는데, 그것들이 자라는 모습을 보면 여전히 경이롭습니다. 조금 이르게 쌈 채소를 심었는데, 봄비를 맞으며 자랄 생각을 하면 내 몸이 쑥 자라는 듯하답니다.

이렇게 시골에 살다 보면 사는 일이 참 단순하다 싶을 때가 있습니다. 요즘 같은 때 달래 조금 캐서 양념간장에 무쳐 먹고, 냉이 한 줌 캐서 된장국을 끓여 먹고. 종일 책 읽다 음악을 듣고. 그러다 가끔 책방을 찾아오는 이가 있으면 반갑게 인사하고.

바지에 흙이 묻어도 아무렇지도 않고, 철 늦은 털 스웨터를 입고 있어도 민망하지 않은 생활. 책을 읽거나 음악을 듣다 까무룩 졸기도 하고. 그러다 마당에 나가 쪼그리고 앉아 풀 좀 뽑거나 나뭇가지를 잘라주거나.

이렇게 살아도 괜찮은 건가, 싶을 정도입니다. 더는 젊지 않아 그야말로 치열하게 살아갈 일이 없는데, 한편으로는 이렇게 세상에서 밀려나는구나 싶은 생각마저 들 때도 있지요. 뭔가 좀 바빠야 하는 게 아닌가. 그렇게 해야 일다운 일을 하는 게 아닌가. 그러니 놀아도 바쁘게 놀아야 하는.

시간이 없다는 말을 입에 달고 살 때, 아직 서너 살밖에 안 됐던 아들이 말했습니다.

"엄마, 시간을 붙잡아."

지나고 보니 시간은 많았습니다. 그 시간을 바쁘게 소비했을 뿐이지요. 시간을 붙잡고 아이의 얼굴을 더 오래 들여다

보고, 아이의 이야기를 더 들었으면 하는 생각이 들지만, 부질없는 일이지요. 그때는 그때만큼의, 지금은 지금 만큼의 삶이 있는 것을. 그러니 각각 저마다의 때가 있겠지요. 빠르다고 좋은 것도 아니고, 많다고 좋은 것도 아닌.

저는 제 생활이 더욱 단순해지기를 소망합니다. 어차피 나이 들수록 생활은 더욱더 단순해질 수밖에 없으니 소망할 것까지는 없겠지만, 마음이 중요하지요. 목사 샤를 와그너는 『단순한 삶』에서 이렇게 말합니다.

'인간은 자신이 원하는 존재방식에 가장 큰 관심을 기울일 때, 다시 말해서 아주 솔직하게 그저 한 인간이고 싶을 때 가장 단순하다.'

비교할 것 없이, 내 안의 나를 가만 들여다보며 살아가는 것. 밥벌이하면서 그렇게 살기란 참 쉽지 않지요. 그러다 불현듯 일상을 덮치는 일이 있으면 또 살아온 날들의 모든 힘을 모아야 하고. 우리 모두 그렇게 한 시절을 지내고, 한 세월을 지내다 가는 것이겠지요. 그러니 오늘 이 봄날이, 이 봄비가 새삼스러울 밖에요.

모든 것이 낯선 풍경 앞에서 망연합니다.

계신 곳에서, 이 봄날을 새롭게 맞이하고 계시지요?

우리는 저마다 각각의 시절을 지나고 있지만, 봄을 맞이하는 지금의 때를 같이 살아갑니다. 그것만으로도 참 좋지요?

책방 시절

초판 1쇄   2024년 7월 5일

지 은 이   임후남

펴 낸 곳   생각을담는집
디 자 인   niceage 강상희
제 작 처   올인피앤비

전   화   070-8274-8587
팩   스   031-321-8587
전자우편   seangak@naver.com
블 로 그   https://blog.naver.com/seangak

ⓒ임후남, 2024

ISBN 978-89-94981-95-6   03810